D1728681

Guy de Maupassant
Der Horla

Guy de Maupassant

Der Horla
Zehn Novellen

Deutsch von
Christel Gersch

Mit dreißig Holzschnitten
von Frans Masereel

Rütten & Loening
Berlin

Der Horla

8. Mai. – Was für ein wunderbarer Tag! Den ganzen Morgen lag ich im Gras vor meinem Haus, unter der riesigen Platane, die darüber ihren Schirm und Schatten breitet. Ich liebe dies Land, ich lebe mit Freuden hier, denn hier habe ich meine Wurzeln, die tiefen,

feinverzweigten Wurzeln, die den Menschen an die Erde binden, wo seine Vorfahren geboren und gestorben sind, die ihn an eine Weise zu denken und zu essen binden, an Bräuche wie Gerichte, an die Art zu reden, die Sprachmelodie der Bauern, an die Gerüche des Bodens, der Dörfer und sogar der Luft.

Ich liebe mein Haus, wo ich aufgewachsen bin. Meine Fenster blicken auf die Seine, die jenseits der Landstraße, beinahe noch auf meinem Grundstück, an meinem Garten vorüber von Rouen nach Le Havre fließt, die mächtige Seine, wo immer Schiffe nach hierhin und dorthin fahren.

Fern zur Linken Rouen, die große Stadt der blauen Dächer unter einer Schar gotischer Spitztürme. Unzählige sind es, schlank oder stämmig, überragt von dem stählernen Pfeil der Kathedrale und voller Glocken, die in die schöne blaue Morgenluft klingen, ihr sanftes, fernes Eisengetön bis zu mir schicken, ihren erzenen Gesang, den mir die Brise bald stärker, bald schwächer zuträgt, je nachdem ob er anhebt oder verebbt.

Wie schön es heute morgen war!

Gegen elf Uhr glitt längs meinem Gartenzaun ein langer Schiffskonvoi vorüber, von einem Schlepper gezogen, wie eine dicke Fliege, der vor Mühe keuchte und dichten Qualm spie.

Nach zwei englischen Schonern, deren rote Flagge im Himmel flatterte, kam ein prachtvoller brasilianischer Dreimaster, ganz weiß, wunderbar rein und strahlend.

Ich winkte, warum weiß ich nicht, so erfreute mich sein Anblick.

12. Mai. – Seit einigen Tagen habe ich leichtes Fieber; ich fühle mich unwohl, oder vielmehr traurig.

Woher rühren die rätselhaften Einflüsse, die unser Glück in Mutlosigkeit, unsere Zuversicht in Niedergeschlagenheit verwandeln? Es ist, als gäbe es in der Luft, der unsichtbaren Luft, irgendwelche Kräfte, deren Wirkung wir erliegen. Fröhlich erwache ich, mit der Lust zu singen in der Brust. – Warum? – Ich gehe zum Wasser hinunter; und auf einmal, nach einem kurzen Spaziergang, kehre ich beklommen um, als erwarte mich zu Hause irgendein Unglück. – Warum? – Hat ein kalter Schauer meine Haut gestreift und meine Nerven erschüttert, meine Seele verdüstert? Hat die Form der Wolken oder die Farbe des Tages, die so mannigfache Farbe der Dinge, da ich sie durch die Augen in mich aufnahm, meine Stimmung getrübt? Wer weiß? Hat womöglich alles, was uns umgibt, was wir sehen, ohne es wahrzunehmen, was uns streift, ohne daß wir es bemerken, was wir berühren, ohne es zu betasten, dem wir begegnen, ohne es zu erkennen, eine unerklärliche, aber verblüffende direkte Wirkung auf uns, auf unsere Sinne und durch sie auf unser Denken, unser Herz sogar?

Wie groß das Geheimnis des Unsichtbaren ist! Mit unseren elenden Sinnen durchdringen wir es nicht, mit unseren Augen, die weder das zu Kleine noch das zu Große, weder das zu Nahe noch das zu Entfernte erkennen, weder die Bewohner eines Gestirns noch die eines Wassertropfens … mit unseren Ohren, die uns täuschen, da sie uns Vibrationen der Luft als Laute übermitteln. Feen sind sie, Wundertäter, da sie Bewegung in Klang verwandeln und kraft dieser Metamorphose die Musik hervorbringen, die das stumme Wirken der Natur tönend macht ... mit unserer Nase, schwächer als die von Hunden ... mit unserem Geschmack, der kaum das Alter eines Weins bestimmen kann!

Ach, hätten wir doch mehr Sinne, die für uns Wunder täten, wie vieles könnten wir noch um uns entdekken!

16. Mai. – Ich bin tatsächlich krank! Wie gut ging es mir noch im letzten Monat! Ich habe Fieber, scheußliches Fieber, oder vielmehr eine fiebrige Mattigkeit, die meine Seele ebenso knechtet wie den Körper. Unaufhörlich habe ich das gräßliche Gefühl, daß mir eine Gefahr droht, daß ein Unglück auf mich zukommt oder daß der Tod mich umschleicht, ein Befinden, das wahrscheinlich durch die Ansteckung einer noch unbekannten Krankheit hervorgerufen wird, die in meinem Fleisch und Blut keimt.

18. Mai. – Da ich nicht mehr schlafen konnte, habe ich den Arzt konsultiert. Er stellte erhöhten Puls, vergrößerte Pupillen, gereizte Nerven fest, aber sonst kein beunruhigendes Symptom. Ich soll Duschen nehmen und Brompotassium trinken.

25. Mai. – Keine Besserung! Mein Zustand ist wirklich absonderlich. Sobald es auf den Abend geht, befällt mich eine unverständliche Rastlosigkeit, so als halte die Nacht für mich eine schreckliche Bedrohung bereit. Ich speise ohne Ruhe, danach bemühe ich mich zu lesen, erfasse aber die Worte nicht, kaum daß ich die

Buchstaben unterscheide. Dann wandere ich unter dem Druck einer dunklen, unbesieglichen Angst auf und ab durch den Salon, der Angst vorm Schlafen, der Angst vor dem Bett.

Gegen zehn Uhr gehe ich nach meinem Zimmer hinauf. Kaum drinnen, schließe ich doppelt ab und schiebe die Riegel vor; ich habe Angst ... wovor? ... Bis heute kannte ich keine Furcht ... jetzt öffne ich alle Schränke, sehe unters Bett; ich horche ... horche ... worauf? ... Kann denn simples Unwohlsein, vielleicht eine Störung des Kreislaufs, die Reizung eines Nervenstrangs, ein bißchen Verstopfung, eine minimale Abweichung von dem so unvollkommenen, so anfälligen Funktionieren unserer Lebensmaschine, aus dem fröhlichsten Mann einen Melancholiker und aus dem mutigsten einen Feigling machen? Ich lege mich zu Bett und erwarte den Schlaf wie einen Henker, ich erwarte ihn mit Grauen, mein Herz klopft, meine Beine fliegen; mein ganzer Körper zittert in der Hitze der Laken bis zu dem Augenblick, da ich auf einen Schlag in die Ruhe stürze, so als stürzte man in einen Abgrund voll stehendem Wasser, um zu ertrinken. Ich fühle nicht, wie früher, das Herannahen dieses heimtückischen Schlafs, der sich neben mir versteckt, mich belauert, der mich gleich beim Schopf packen, mir die Augen schließen, mich auslöschen wird.

Ich schlafe – lange – zwei oder drei Stunden – dann kommt ein Traum – nein – ein Alp. Ich spüre genau, daß ich liege und schlafe ... ich spüre und weiß es ... und ich spüre zugleich, daß jemand sich mir nähert, mich betrachtet, mich betastet, auf mein Bett steigt, sich auf meine Brust kniet, die Hände um meinen Hals legt und zudrückt ... mit aller Kraft zudrückt, um mich zu erdrosseln.

Ich wehre mich, von der furchtbaren Ohnmacht gefesselt, die uns im Traum lähmt; ich will schreien – ich kann nicht; ich will mich bewegen – ich kann nicht; unter schrecklichen Anstrengungen keuchend, versuche ich, mich zu drehen, das Wesen abzuwerfen, das mich erdrückt und würgt – ich kann nicht!

Plötzlich erwache ich, voller Schrecken, in Schweiß gebadet. Ich zünde eine Kerze an. Ich bin allein.

Nach dieser Krise, die sich Nacht für Nacht wiederholt, schlafe ich endlich ruhig bis zum Morgen.

2. Juni. – Mein Zustand hat sich verschlimmert. Was habe ich nur? Das Brom ändert nichts; keine Duschen helfen. So kraftlos ich mich fühle, letztens unternahm ich einen Gang in den Wald von Roumare, um mich müde zu laufen. Zuerst meinte ich, die frische, so leichte, milde Luft mit ihren Düften von Gräsern und Laub würde mir neues Blut in die Adern, neue Energie ins Herz gießen. Ich schlug einen breiten Jagdweg ein, dann bog ich in eine schmale Allee, Richtung La Bouille, zwischen mir und dem Himmel das dichte grüne, eher schwarze Dach, das die beiden Reihen gewaltig hoher Bäume über mich breiteten.

Mit einemmal überlief mich ein Schauer, kein Kälteschauer, sondern ein Schauer der Angst.

Beunruhigt, im Wald allein zu sein, töricht und grundlos durch die tiefe Einsamkeit geängstigt, beschleunigte ich meine Schritte. Plötzlich glaubte ich, jemand verfolge mich, sei mir, zum Berühren nah, auf den Fersen.

Brüsk drehte ich mich um. Ich war allein. Hinter mir lag nur die lange, gerade Allee, hoch, leer, furchtbar leer; zur anderen Seite erstreckte sie sich ebenso, erschreckend gleich.

Ich schloß die Augen. Warum? Und drehte mich auf einem Absatz ganz schnell wie ein Kreisel. Ums Haar wäre ich gefallen; ich öffnete die Augen; die Bäume tanzten, der Boden schwamm; ich mußte mich setzen. Und dann, ach! wußte ich nicht mehr, von wo ich gekommen war. Verrücktes Gefühl! Verrückt! Völlig verrückt! Ich wußte nichts mehr. Ich wählte die Seite rechter Hand und fand den Jagdweg wieder, der mich in die Mitte des Waldes geführt hatte.

3. Juni. – Die Nacht war grauenvoll. Ich will für ein paar Wochen fort. Eine kleine Reise wird mich sicherlich wiederherstellen.

2. Juli. – Ich bin zurück. Ich bin geheilt. Und mein Ausflug war wunderschön. Ich war auf dem Mont Saint-Michel, den ich noch nicht kannte.

Was für ein Anblick, wenn man, wie ich, gegen Tagesende, in Avranches eintrifft! Die Stadt liegt auf einem Hügel, und ich wurde in den öffentlichen Park an der Stadtgrenze geführt. Vor Staunen stieß ich einen Schrei aus. Vor mir erstreckte sich, zwischen zwei weit entfernten Küsten, die sich im Nebel verloren, eine unermeßliche Bucht bis an den Horizont; und mitten in dieser riesigen gelben Bucht, unter einem Himmel aus Gold und Helle, mitten aus dem Sand erhob sich ein wundersamer Berg, spitz und finster. Die Sonne war eben untergegangen, und in den noch flammenden Horizont zeichnete sich die Silhouette des phantastischen Felsens mit dem phantastischen Bauwerk auf seinem Gipfel.

Im Frührot ging ich darauf zu. Das Meer war, wie am Abend, zurückgewichen, und vor mir sah ich, je näher ich kam, die wunderbare Abtei emporsteigen. Nach mehreren Stunden Marsch erreichte ich den gewaltigen Felsblock, der die kleine Stadt mit der großen Kirche trägt. Nachdem ich die enge, steile Gasse erstiegen hatte, betrat ich die herrlichste gotische Wohnung, die Gott auf Erden errichtet worden ist, so groß wie eine Stadt, voller niedriger Säle, auf denen die Gewölbe lasten, und hoher Galerien, die sich auf zarte Säulen stützen. Ich betrat ein gigantisches Kleinod aus Granit, fein wie Spitzenwerk, bedeckt mit Türmen, schlanken Glockentürmchen, wo Wendeltreppen hinanführen, und alle recken in den blauen Tag, in die schwarze Nacht ihre bizarren Häupter, die mit Dämonen, Teufeln, Fabeltieren und Riesenblumen gespickt sind, eins mit dem anderen durch zierliche, skulptierte Brücken verbunden.

Auf dem höchsten Punkt angelangt, sagte ich zu dem Mönch, der mich begleitete: »Pater, wie wohl muß Ihnen hier sein!«

»Wir haben viel Wind«, antwortete er; und zuschauend, wie das Meer wiederkehrte, über die Dünen lief und sie mit einem stählernen Panzer überzog, plauderten wir.

Der Mönch erzählte mir Geschichten, all die alten Geschichten des Ortes, Sagen, lauter Sagen.

Eine davon machte mich betroffen. Die Leute dort, die vom Berg, behaupten, man höre es bei Nacht in

den Dünen reden, auch höre man zwei Ziegen mek-
kern, eine mit kräftiger und eine mit schwacher
Stimme. Ungläubige meinen, es seien die Schreie der
Seevögel, die bald wie Meckern, bald wie menschliche
Klagen tönten; aber verspätete Fischer schwören, sie
hätten auf der Sandebene, um die kleine, so weltentle-
gene Stadt, zwischen zwei Fluten einen alten Hirten
ziehen sehen, dessen Kopf immer unter seinem Mantel
verborgen steckt und dem ein Ziegenbock mit einem
Mannsgesicht und eine Ziege mit einem Frauengesicht
nachfolgen, beide mit langen weißen Haaren und unaufhörlich redend, denn sie streiten sich in einer unbekannten Sprache, dann hören sie plötzlich zu schreien
auf und meckern aus aller Kraft.

»Glauben Sie das?« fragte ich den Mönch.

»Ich weiß nicht«, murmelte er.

Ich sagte: »Wenn es auf der Welt noch andere Wesen gäbe, würden wir sie nicht längst kennen? Würden
Sie sie nicht gesehen haben, Sie? Und hätte nicht auch
ich sie gesehen?«

»Sehen wir denn den hunderttausendsten Teil dessen, was existiert?« gab er zur Antwort. »Nehmen Sie
den Wind, die größte Naturkraft; er wirft Menschen
um, stürzt Bauwerke, entwurzelt Bäume, treibt das
Meer zu Gebirgen von Wasser empor, reißt Steilufer
ein, schleudert Schiffe gegen Klippen, er tötet, er pfeift,
er heult, er brüllt – aber haben Sie ihn je gesehen,
und könnten Sie ihn sehen? Gleichwohl gibt es ihn.«

Die schlichte Überlegung machte mich stumm. Der
Mann war ein Weiser, vielleicht auch ein Narr. Ich
hätte es nicht entscheiden mögen; aber ich schwieg.
Was er sagte, hatte ich oft gedacht.

14

3. Juli. – Ich habe schlecht geschlafen; unstreitig wirkt hier ein fieberträchtiger Einfluß, denn mein Kutscher leidet wie ich. Als ich gestern nach Hause kam, fiel mir seine ungewöhnliche Blässe auf.

»Was haben Sie, Jean?« fragte ich.

»Ich kann nicht mehr schlafen, Monsieur, meine Nächte fressen meine Tage. Das geht schon, seit Monsieur verreist ist, als ob ich verhext wäre.«

Meine anderen Bedienten sind wohlauf, aber ich habe Angst vor einem Rückfall.

4. Juli. – Ich habe wirklich einen Rückfall. Meine vorigen Alpträume sind wieder da. Heute nacht fühlte ich, wie jemand über mir hockte, seinen Mund auf meinen legte und mir das Leben von den Lippen trank. Ja, er trank es aus meinem Leib wie ein Blutegel. Dann erhob er sich, vollgestopft, und ich erwachte derart gequält, zerschlagen, ausgeleert, daß ich mich nicht rühren konnte. Wenn das so weitergeht, muß ich wieder verreisen.

5. Juli. – Habe ich den Verstand verloren? Was heute nacht passiert ist, was ich gesehen habe, ist so seltsam, daß mir der Kopf schwindelt, wenn ich daran denke!

Wie jetzt allabendlich, hatte ich meine Zimmertür abgeschlossen; dann trank ich, weil ich Durst hatte, ein halbes Glas Wasser und bemerkte durch Zufall, daß die Karaffe bis zum Kristallpfropfen voll war.

Ich legte mich nieder und fiel in meinen furchtbaren Schlaf, aus dem ich nach ungefähr zwei Stunden durch etwas noch Gräßlicheres gerissen wurde.

Man stelle sich vor, ein Mensch wird im Schlaf gemordet, und er erwacht mit einem Messer in der Lunge, und er röchelt, blutüberströmt, und er kann nicht mehr atmen und ist dem Tod nah, und er begreift nichts – so ging es mir.

Nachdem ich endlich zu mir gekommen war, hatte ich wieder Durst; ich entzündete eine Kerze und ging zu dem Tisch, wo die Karaffe stand. Ich hob sie über mein Glas; nichts floß heraus. – Sie war leer! Sie war vollständig leer! Zuerst war ich einfach nur baff; dann befiel mich plötzlich eine so schreckliche Erregung, daß ich mich setzen mußte, besser gesagt, ich fiel auf einen Stuhl! Aber sofort fuhr ich hoch und blickte mich um! Dann setzte ich mich erneut, vor Staunen und Angst fassungslos, vor die durchsichtige Flasche! Ich betrachtete sie starren Auges, in dem Versuch, hinter das Rätsel zu kommen. Meine Hände zitterten. Man hatte das Wasser also ausgetrunken? Aber wer? Ich? Ich vielleicht? Nur ich konnte es gewesen sein. Also war ich somnambul, ich führte, ohne es zu wissen, jenes geheimnisvolle Doppelleben, das zweifeln läßt, ob es in uns zwei Wesen gibt, oder ob ein fremdes, unerkenntliches und unsichtbares Wesen zu den Zeiten, wenn unsere Seele ruht, unseren Körper erobert und belebt, so daß er jenem anderen gehorcht wie uns selbst, mehr als uns selbst.

Ach, wer begreift meine bodenlose Angst? Wer begreift die Erregung eines Menschen gesunden Geistes, vollwach und bei klarem Verstand, der mit Grauen durch das Glas einer Karaffe blickt und sieht, daß, während er schlief, das Wasser daraus verschwunden ist! Ich blieb so sitzen, bis es Tag wurde, und wagte mich nicht mehr ins Bett.

6. Juli. – Ich werde verrückt. Heute nacht ist meine Karaffe wieder leer getrunken worden – oder vielmehr, ich habe sie leer getrunken!

Aber war ich das wirklich? Bin ich das gewesen? Oder wer? Wer? Oh, mein Gott! Werde ich wahnsinnig? Wer rettet mich?

10. Juli. – Ich habe erstaunliche Experimente gemacht. Kein Zweifel, ich bin verrückt! Trotzdem!

Am 6. Juli stellte ich vor dem Schlafengehen Wein, Milch, Wasser, Brot und Erdbeeren auf meinen Tisch.

Man hat – ich habe – das ganze Wasser und ein wenig Milch getrunken. Man hat weder den Wein noch das Brot noch die Erdbeeren angerührt.

Am 7. Juli wiederholte ich dasselbe Experiment, mit demselben Ergebnis.

Am 8. Juli ließ ich Wasser und Milch weg. Nichts wurde angerührt.

Am 9. Juli schließlich stellte ich nur Wasser und Milch auf den Tisch, umwickelte die Flaschen sorgfältig mit weißen Musselintüchern und verschnürte die Pfropfen. Dann rieb ich mir Lippen, Bart und Hände mit Graphit ein und ging zu Bett.

Der unbesiegliche Schlaf ergriff mich, bald folgte ihm ein grausiges Erwachen. Ich hatte mich nicht von der Stelle gerührt; sogar die Laken trugen keine Flecken. Ich stürzte zu dem Tisch. Die Tücher, in denen die Flaschen steckten, waren unbeschmutzt. Angstbebend löste ich die Verschnürungen. Das ganze Wasser war ausgetrunken! die ganze Milch war ausgetrunken! Mein Gott …

Ich fahre umgehend nach Paris.

12. Juli. – Paris. Ich hatte in den letzten Tagen wohl den Kopf verloren. Ich muß das Spielzeug meiner entnervten Einbildung geworden sein, sofern ich nicht tatsächlich somnambul bin oder Einflüssen erliege, die, obwohl festgestellt, bis heute unerklärlich sind und die man Suggestionen nennt. Jedenfalls grenzte meine Verstörtheit an Wahnsinn, aber vierundzwanzig Stunden Paris haben genügt, mir das Gleichgewicht wiederzugeben.

Gestern abend, nach Besorgungen und Besuchen, die meine Seele erfrischten und neu belebten, war ich im Théâtre-Français. Es wurde ein Stück von Alexandre Dumas dem Jüngeren gespielt; und dieser rege, kraftvolle Geist hat mich vollends geheilt. Ja, die Einsamkeit ist arbeitenden Intelligenzen gefährlich. Wir brauchen Menschen um uns, die denken und sprechen. Wenn wir lange allein sind, bevölkern wir die Leere mit Gespenstern.

Sehr vergnügt kehrte ich über die Boulevards zurück zum Hotel. Im Bad der Menge dachte ich nicht ohne Ironie an meine Schrecken, meine Mutmaßungen der vergangenen Woche, als ich glaubte, ja, tatsächlich glaubte, daß ein unsichtbares Wesen mit mir unter demselben Dach wohne. Wie schwach ist unser Kopf, wie schnell erschrocken und verwirrt, sobald wir auf irgend etwas Unbegreifliches stoßen!

Anstatt einfach zu schlußfolgern: »Ich verstehe nicht, weil ich die Ursache nicht kenne«, glauben wir gleich an unheimliche und übernatürliche Mächte.

14. Juli. – Fest der Republik. Ich bin durch die Straßen gebummelt. Die Knallfrösche und Fahnen belustigten

mich wie ein Kind. Dabei ist es reichlich dumm, auf Beschluß der Regierung an einem bestimmten Tag lustig zu sein. Das Volk ist eine stumpfsinnige Herde, bald geduldig bis zur Blödheit, bald wildwütend empört. Man sagt: »Amüsiere dich.« Es amüsiert sich. Man sagt: »Schlag dich mit dem Nachbarn.« Es schlägt sich. Man sagt: »Stimm für den Kaiser.« Es stimmt für den Kaiser. Dann sagt man ihm: »Wähle die Republik.« Und es wählt die Republik.

Diejenigen, die es lenken, sind genauso dumm; aber sie gehorchen nicht Menschen, sondern Prinzipien, die gar nicht anders als nichtig, unfruchtbar und falsch sein können, einfach weil es Prinzipien sind, das heißt Vorstellungen, die für ewig gültig und unabänderlich gelten in einer Welt, wo nichts sicher ist, wo das Licht, wo die Töne Illusion sind.

16. Juli. – Gestern habe ich etwas erlebt, was mich sehr beunruhigt.

Ich dinierte bei meiner Cousine, Madame Sablé, deren Ehemann das 76. Jägerbataillon in Limoges befehligt. Zu Gast waren außerdem zwei junge Frauen; die eine hat einen Arzt geheiratet, den Doktor Parent, der sich viel mit den Nervenleiden und außergewöhnlichen Krankheitserscheinungen beschäftigt, die augenblicklich Gegenstand von Experimenten mittels Hypnose und Suggestion sind.

Er erzählte uns viel über die höchst erstaunlichen Ergebnisse englischer Wissenschaftler und auch der Ärzteschule von Nancy.

Was er vorbrachte, erschien mir so haarsträubend, daß ich meinen völligen Unglauben ausdrückte.

Darauf bekräftigte er: »Wir sind an dem Punkt, eines der wichtigsten Geheimnisse der Natur zu entdecken, will sagen, eines ihrer wichtigsten Geheimnisse auf dieser Erde; denn zweifellos hat sie deren andere auf dem Planeten. Seit der Mensch denkt, seit er seine Gedanken sagen und schreiben kann, fühlt er sich einem Mysterium gegenüber, das seine groben, unvollkommenen Sinne nicht durchdringen können, und versucht, die Ohnmacht der Organe durch seine Intelligenz wettzumachen. Als diese Intelligenz noch in rudimentärem Zustand war, nahm die Faszination durch das Unsichtbare schlichtweg erschreckende Formen an. Daraus sind der Volksglauben an Überirdisches, die Sagen von umgehenden Geistern, von Feen, Gnomen, Gespenstern und, wie ich meine, sogar die Sage von Gott entsprungen, denn unsere Vorstellungen von einem tätigen Schöpfer, gleich welcher Religion sie entstammen, sind wohl die mittelmäßigsten, dümmsten und unerträglichsten Hervorbringungen des geängstigten Hirns der Geschöpfe. Nichts ist so treffend wie das Wort von Voltaire: ›Gott schuf den Menschen nach seinem Bilde, aber der Mensch hat es ihm weidlich heimgezahlt.‹

Seit über einem Jahrhundert nun scheint man etwas Neuem auf der Spur zu sein. Mesmer und einige andere haben uns einen unerwarteten Weg aufgetan, und wir sind, vornehmlich in den letzten vier, fünf Jahren, zu wahrhaftig überraschenden Ergebnissen gelangt.«

Meine Cousine lächelte auch sehr ungläubig. Doktor Parent fragte sie: »Soll ich versuchen, Sie einzuschläfern, Madame?«

»Ja, gern.«

Sie setzte sich in einen Sessel, und er richtete seinen Blick fest und bannend auf sie. Auf einmal wurde mir beklommen zumute, mein Herz klopfte, mir war die Kehle zugeschnürt. Ich sah, wie Madame Sablé die Augen herabsanken, wie ihr Mund sich zusammenzog, ihre Brust schwerer atmete.

Nach zehn Minuten schlief sie.

»Setzen Sie sich dahinter«, sagte der Arzt zu mir.

Und ich setzte mich hinter sie. Er schob ihr eine Visitenkarte in die Hände und sagte: »Das ist ein Spiegel; was sehen Sie darin?«

»Ich sehe meinen Cousin«, antwortete sie.

»Was macht er?«

»Er zwirbelt seinen Schnurrbart.«

»Und jetzt?«

»Er zieht eine Photographie aus der Tasche.«

»Wessen Photographie?«

»Seine eigene.«

So war es! Und diese Photographie war mir erst am selben Abend ins Hotel geliefert worden.

»Wie zeigt ihn das Bildnis?«

»Er steht und hält seinen Hut in der Hand.«

Sie sah also auf dieser Karte, auf diesem weißen Stück Karton, als blicke sie in einen Spiegel.

Erschrocken riefen die jungen Frauen: »Genug! Genug! Genug!«

Aber der Doktor befahl: »Sie werden morgen früh um acht Uhr aufstehen; dann besuchen Sie Ihren Cousin im Hotel und bitten, daß er Ihnen fünftausend Francs leiht, die Ihr Mann von Ihnen verlangt und die er bei seiner nächsten Reise von Ihnen einfordern wird.«

Dann weckte er sie.

Auf der Rückkehr ins Hotel dachte ich über die merkwürdige Séance nach, und mir kamen Zweifel, nicht etwa an der unbedingten, über jeden Verdacht erhabenen Aufrichtigkeit meiner Cousine, die ich von Kind auf wie eine Schwester kannte, sondern an einem möglichen Täuschungsmanöver des Doktors. Hatte er nicht doch einen Spiegel in der Hand versteckt, den er der schlafenden jungen Frau gleichzeitig mit seiner Visitenkarte zeigte? Berufsmäßige Taschenspieler bringen ganz andere Sachen fertig.

Mit solchen Gedanken ging ich schlafen.

Andernmorgens nun, gegen halb neun, wurde ich von meinem Kammerdiener geweckt: »Madame Sablé wünscht Sie umgehend zu sprechen, Monsieur.«

Hastig kleidete ich mich an und empfing sie.

Sehr verwirrt, mit niedergeschlagenen Augen, nahm sie Platz und sagte, ohne ihren Schleier zu heben:

»Mein lieber Cousin, ich muß Sie um einen großen Gefallen bitten.«

»Um was geht es?«

»Es ist mir sehr peinlich, Ihnen damit zu kommen, aber ich muß. Ich brauche dringend, brauche unbedingt fünftausend Francs.«

»Wie denn, Sie?«

»Ja, ich, oder vielmehr mein Mann, der mich beauftragt hat, das Geld zu beschaffen.«

Ich war dermaßen verblüfft, daß ich beim Antworten stotterte. Ich fragte mich, ob sie und Doktor Parent sich nicht doch gemeinsam über mich lustig machten, ob dies nicht einfach eine vorbereitete und sehr gut gespielte Farce war.

Aber als ich sie aufmerksam betrachtete, zerstreuten sich meine Zweifel. Sie zitterte vor Qual, so litt sie unter diesem Bittgang, und ich begriff, daß ihr das Weinen in der Kehle saß.

Ich wußte, sie war sehr reich, und sagte:

»Wie denn! Ihr Mann wäre um fünftausend Francs verlegen? Denken Sie nach! Sind Sie sicher, daß er Sie beauftragt hat, mich darum zu bitten?«

Sie zögerte einige Sekunden, so als koste es sie große Anstrengung, ihr Gedächtnis zu durchforschen, dann antwortete sie:

»Ja ... ja ... ich bin sicher.«

»Hat er Ihnen geschrieben?«

Wieder zögerte sie, überlegte. Ich erriet, wie ihr Gehirn sich abmühte. Sie wußte es nicht. Sie wußte nur, daß sie die fünftausend Francs für ihren Mann von mir ausleihen sollte. Folglich wagte sie zu lügen.

»Ja, er hat mir geschrieben.«

»Und wann? Gestern haben Sie nichts davon erwähnt.«

»Ich erhielt den Brief heute morgen.«

»Können Sie ihn mir zeigen?«

»Nein ... nein ... nein ... er enthielt vertrauliche Dinge ... zu persönliche ... ich habe ... habe ihn verbrannt.«

»Dann macht Ihr Gatte Schulden?«

Abermals zögerte sie und murmelte dann:

»Ich weiß nicht.«

Nun erklärte ich:

»Aber ich verfüge im Moment nicht über fünftausend Francs, meine liebe Cousine.«

Sie schrie auf wie vor Schmerz.

»Oh, bitte, bitte, dann treiben Sie sie auf ...«

Sie erregte sich, rang wie flehend die Hände. Ihre Stimme veränderte sich; sie weinte, stammelte, gestachelt und beherrscht von dem unausweichlichen Befehl, den sie empfangen hatte.

»Oh, bitte ... wenn Sie wüßten, wie ich leide ... ich brauche das Geld heute.«

Ich hatte Mitleid mit ihr.

»Sie sollen es bald haben, ich schwöre es.«

»Oh, danke, danke!« rief sie. »Wie gut Sie sind.«

Ich fragte: »Wissen Sie noch, was gestern abend bei Ihnen geschah?«

»Ja.«

»Erinnern Sie sich, daß Doktor Parent Sie eingeschläfert hat?«

»Ja.«

»Nun, er war es, der Ihnen befohlen hat, heute morgen fünftausend Francs von mir auszuleihen, und jetzt gehorchen Sie dieser Suggestion.«

Sie überlegte einige Sekunden und antwortete:

»Aber mein Mann will sie doch haben.«

Eine Stunde bemühte ich mich, sie zu überzeugen, aber vergeblich.

Als sie fort war, eilte ich zu dem Doktor. Er wollte eben aus dem Haus; lächelnd hörte er mir zu. Dann fragte er:

»Glauben Sie nun?«

»Ja, ich muß wohl.«

»Gehen wir zu Ihrer Verwandten.«

Sie lag erschöpft, schon im Einschlummern, auf einer Chaiselongue. Der Arzt maß ihren Puls, blickte sie eine Zeitlang an, die eine Hand über ihre Augen erhoben, die ihr unter der unwiderstehlichen Wirkung der magnetischen Kraft allmählich zufielen.

Als sie schlief, sagte er:

»Ihr Mann braucht die fünftausend Francs nicht mehr. Sie vergessen also, daß Sie Ihren Cousin darum gebeten haben, und wenn er davon redet, verstehen Sie es nicht.«

Dann weckte er sie auf. Ich zog ein Portefeuille aus der Tasche.

»Hier bringe ich Ihnen, worum Sie mich heute morgen baten, liebe Cousine.«

Sie war dermaßen verwundert, daß ich nicht zu insistieren wagte. Indessen versuchte ich, ihr Gedächtnis aufzufrischen, aber sie leugnete energisch, glaubte, ich mache mich über sie lustig, und wurde fast böse.

. . . .

Nun bin ich zurück; ich konnte noch gar nicht frühstücken, so hat mich dies Experiment durcheinandergebracht.

19. Juli. – Viele Leute, denen ich dies Abenteuer erzähle, verspotten mich. Ich weiß nicht mehr, was ich davon halten soll. Weise, wer sagt: Vielleicht?

21. Juli. – Gestern abend habe ich in Bougival diniert und war dann auf dem Ball der Ruderer. Wahrhaftig, alles hängt von den Orten und vom Milieu ab. Auf der Insel der Grenouillère an Übernatürliches zu glauben wäre der Gipfel der Narrheit ... aber auf dem Mont Saint-Michel? ... oder in Indien? Wir erliegen in erschreckendem Maß dem Einfluß unserer Umgebung. Nächste Woche fahre ich heim.

30. Juli. – Seit gestern bin ich wieder zu Hause. Alles läuft gut.

2. August. – Nichts Neues; es ist herrliches Wetter. Ich verbringe meine Zeit damit, der Seine beim Fließen zuzuschauen.

4. August. – Streit zwischen meinen Bedienten. Sie behaupten, einer von ihnen zerbreche nachts Gläser in den Schränken. Der Kammerdiener beschuldigt die Köchin, die Köchin die Wäschebesorgerin, und die wiederum die beiden anderen. Wer ist es wirklich? Ein Schlauberger, wer es sagen könnte.

6. August. – Diesmal bin ich nicht verrückt. Ich habe gesehen ... ich habe gesehen, ja! ... Zweifel sind ausgeschlossen ... ich habe gesehen! ... Noch sitzt mir die Kälte in den Fingerspitzen ... wieder habe ich Angst bis ins Mark ... ich habe gesehen! ...

Heute, um zwei Uhr, bei vollem Sonnenlicht, ging ich durch meine Rosenbeete ... auf dem Weg, wo die Herbstrosen zu blühen anfangen.

Ich blieb stehen, um einen Strauch »Géant des Batailles« zu betrachten, der drei wundervolle Blüten trug, und sah dicht vor mir, sah ganz deutlich, wie der Stiel der einen Rose sich beugte, als knicke ihn eine unsichtbare Hand, und wie er, von dieser Hand gepflückt, abbrach! Dann beschrieb die Rose eine Kurve – wie ein Arm es getan hätte, um die Blüte zu einem Mund zu führen – und verharrte ganz allein, regungslos in der klaren Luft, ein entsetzlicher roter Fleck, drei Schritte vor meinen Augen.

Bestürzt sprang ich, sie zu ergreifen! Ich hatte nichts in der Hand; sie war verschwunden. Mich erfaßte wütender Zorn gegen mich selbst; denn es ist keinem vernünftigen, ernsthaften Menschen statthaft, derartige Halluzinationen zu haben.

Aber war das eine Halluzination? Ich wandte mich um, suchte den Stiel und fand ihn sofort, frisch gebrochen, an dem Strauch, zwischen den beiden anderen Rosen.

Völlig erschüttert ging ich ins Haus, denn jetzt bin ich sicher, so sicher, wie Tag und Nacht aufeinanderfolgen, daß in meiner Nähe ein unsichtbares Wesen existiert, das sich von Milch und Wasser nährt, das Dinge berühren, an sich nehmen und vom Platz bewegen kann, das folglich materieller Natur ist, wenngleich unseren Sinnen nicht wahrnehmbar, und das mit mir unter demselben Dach lebt ...

7. August. – Ich habe ruhig geschlafen. Er hat die Karaffe leer getrunken, aber meinen Schlaf nicht gestört.

Ich frage mich, ob ich wahnsinnig bin. Als ich vorhin in der hellen Sonne längs dem Strom ging, kamen mir Zweifel an meinem Verstand, keine vagen Mutmaßungen etwa, wie sie mich bisher anwandelten, sondern präzise, eindeutige Zweifel. Ich habe Wahnsinnige gesehen; ich kenne einige, die durchaus intelligent, luzide, rechtsehend in allen Lebensdingen blieben, außer in einem Punkt. Sie sprachen über alles mit Klarheit, gewandt, mit Tiefe; aber sobald ihr Denken an das Riff ihres Wahnsinns rührte, zerriß es in Stücke, zerflog und versank in den jagenden Wellen, Nebeln und Stürmen des furchtbaren, wilden Ozeans, den man »Geisteskrankheit« nennt.

Ich würde mich für wahnsinnig halten, für unbedingt wahnsinnig, gewiß, wenn ich meinen Zustand nicht vollkommen kennte, wenn ich ihn nicht durchschauen und mit vollkommener Luzidität analysieren könnte. Ich leide also nur an Sinnestäuschungen, bei vollem Verstand. In meinem Gehirn muß es eine unbekannte Trübung geben, eine der Trübungen, die die Mediziner heutzutage festzustellen und zu untersuchen bemüht sind; und diese Trübung hat in meinem Geist, in der Ordnung und Logik meiner Vorstellungen einen tiefen Riß bewirkt. Gleichartige Erscheinungen haben im Traum statt, der uns durch die unwahrscheinlichsten Phantasmagorien führt, ohne daß es uns verwundert, weil der Prüfapparat, weil der Kontrollsinn schläft, während die Einbildungskraft wacht und arbeitet. Kann es nicht sein, daß eine der verschwindend kleinen Tasten des Hirnklaviers bei mir gelähmt ist? In der Folge von Unfällen verlieren Menschen das Gedächtnis für Eigennamen oder Verben oder Zahlen, oder einfach für Daten. Die Lokalisierungen sämtlicher Gehirnparzellen sind heute nachgewiesen. Was wäre daran Erstaunliches, daß meine Fähigkeit, die Irrealität gewisser Halluzinationen zu kontrollieren, bei mir derzeit außer Funktion ist!

All das dachte ich, während ich längs dem Wasser ging. Die Sonne breitete Glanz über den Strom, verschönte das Land, erfüllte meinen Blick mit Liebe zum Leben, Liebe zu den Schwalben, deren Flinkheit mir eine Augenweide ist, zu den Gräsern am Ufer, deren Rauschen meine Ohren beglückt.

Nach und nach aber durchdrang mich ein unerklärliches Mißbehagen. Mir schien, daß eine Kraft, eine dunkle Kraft mich übermanne, mich anhalte, mich hindere weiterzugehen, mich zurückrufe. Ich verspürte dasselbe schmerzliche Bedürfnis umzukehren, das einen bedrückt, wenn man einen geliebten Kranken zu Haus allein gelassen hat und einen die Ahnung ankommt, daß sein Leiden sich verschlimmere.

Wider Willen also kehrte ich um, gewiß, daß ich daheim eine schlechte Nachricht, einen Brief oder eine Depesche vorfinden würde. Aber es gab nichts, und ich war darüber mehr erstaunt und beunruhigt, als hätte ich neuerlich irgendeine phantastische Vision gehabt.

8. August. – Der Abend gestern war furchtbar. Er macht sich nicht mehr bemerkbar, aber ich spüre ihn um mich, wie er mich belauert, mich ansieht, mich durchdringt, mich beherrscht; unheimlicher noch, da er sich so verborgen hält, als wenn er durch übernatürliche Erscheinungen Zeichen seiner andauernden, unsichtbaren Gegenwart gäbe.

Immerhin habe ich gut geschlafen.

9. August. – Nichts, aber ich habe Angst.

10. August. – Nichts; aber was wird morgen sein?

11. August. – Wieder nichts; ich halte es nicht mehr aus mit dieser Furcht, diesen Gedanken, die mir fest in der Seele sitzen; ich verreise wieder.

12. August. 10 Uhr abends. – Den ganzen Tag wollte ich fort; ich konnte nicht. Ich wollte den so leichten, so einfachen Schritt in die Freiheit tun – aus dem Haus gehen – meinen Wagen besteigen und nach Rouen fahren – ich konnte nicht. Warum?

13. August. – Wenn man von bestimmten Krankheiten erfaßt ist, scheinen alle Triebfedern des physischen Wesens zerbrochen, alle Energien ausgelöscht, alle Muskeln entspannt, die Knochen weich wie das Fleisch und das Fleisch flüssig wie Wasser. Das gleiche empfinde ich auf seltsame und bestürzende Weise in meinem seelischen Wesen. Ich habe keine Kraft, keinen Mut mehr, keine Macht mehr über mich, nicht einmal mehr die Macht, meinen Willen in Gang zu setzen. Ich kann nicht mehr wollen; aber jemand will für mich; und ich gehorche.

14. August. – Ich bin verloren! Ein anderer besitzt meine Seele und regiert sie! ein anderer befiehlt all meine Handlungen, all meine Bewegungen, all meine Gedanken. In meinem Innern bin ich nichts mehr, nichts als ein sklavischer, durch alles, was ich tue, erschreckter Zuschauer meiner selbst. Ich möchte ausgehen. Ich kann nicht. Er will es nicht; und ich bleibe angstbebend in dem Sessel sitzen, wo er mich festhält. Ich möchte aufstehen, mich erheben, um mich Herr meiner selbst zu wähnen. Ich kann nicht! Ich bin an meinen Sitz gebannt; und mein Sitz haftet am Fußboden so fest, daß keine Kraft uns aufzuheben vermöchte.

Dann plötzlich muß ich hinten in meinen Garten gehen, Erdbeeren pflücken und essen. Ich muß, ich muß!

Und ich gehe. Ich pflücke Erdbeeren und esse sie! Oh, mein Gott! Mein Gott! Mein Gott! Gibt es einen Gott? Wenn es ihn gibt, erlöse mich, rette mich! Hilf mir! Erbarme dich! Habe Mitleid! Übe Gnade! Rette mich! Oh, wie ich leide! Welche Qual! Welches Grauen!

15. August. – So, genau so war meine arme Cousine besessen, gezwungen, als sie kam, mich um fünftausend Francs anzugehen. Sie war einem fremden Willen unterworfen, der wie eine zweite Seele in ihr stak, wie eine parasitäre, gebieterische zweite Seele. Geht die Welt ihrem Ende zu?

Aber wer ist der Unsichtbare, der mich beherrscht? Dieser unerkennbare Schleicher einer überirdischen Rasse?

Also gibt es die Unsichtbaren! Nur, wieso haben sie sich seit dem Weltenanfang noch nie auf so unmißverständliche Weise kundgetan wie mir? Nie habe ich etwas gelesen, was dem Geschehen in meinem Hause gleicht. Oh, könnte ich es verlassen, könnte ich fortgehen, fliehen und nie mehr zurückkehren. Ich wäre gerettet, aber ich kann nicht.

16. August. – Für zwei Stunden konnte ich heute entwischen, wie ein Gefangener, der seine Kerkertür zufällig offen findet. Ich spürte, daß ich gänzlich frei und er weit war. Schnell befahl ich anzuspannen und fuhr nach Rouen. Ach, was für eine Freude, einem Mann, der gehorcht, sagen zu können: »Fahren Sie nach Rouen!«

Ich ließ mich vor der Bibliothek absetzen und bat mir die große Abhandlung von Doktor Hermann Herestauss über die unbekannten Bewohner der antiken und modernen Welt aus.

Als ich danach wieder in mein Coupé stieg, wollte ich sagen: »Zum Bahnhof«; statt dessen schrie ich – ich sagte es nicht, sondern schrie mit so lauter Stimme, daß die Passanten sich umdrehten: »Nach Hause« und fiel, von tödlicher Angst gepackt, in meine Wagenpolster. Er hatte mich gefunden und zurückgeholt.

17. August. – Ach, was für eine Nacht! Was für eine Nacht! Und trotzdem, scheint mir, sollte ich mich freuen. Ich habe bis ein Uhr morgens gelesen! Hermann Herestauss, Doktor der Philosophie und Theogonie, beschreibt die Geschichte und das Auftreten aller unsichtbaren Wesen, die seit der Antike bis zur Gegenwart den Menschen umgeben oder im Traum ihm erscheinen. Er beschreibt ihre Ursprünge, ihre Domäne, ihre Macht. Aber keines davon gleicht demjenigen, das mich heimsucht. Es ist, als habe der Mensch, seit er denken kann, ein neues Wesen geahnt und gefürchtet, stärker als er, seinen Nachfolger auf dieser Welt; als habe er, weil er ihn nahe fühlte, aber die Natur dieses seines Meisters nicht zu erkennen vermochte, in seinem Schrecken das ganze phantastische Volk der okkulten Wesen erschaffen, seiner Angst entsprungene, undeutliche Phantome.

Da ich nun bis ein Uhr morgens gelesen hatte, setzte ich mich ans offene Fenster, um mir Stirn und Kopf in der stillen Frische der Nacht zu kühlen.

Mir war wohl, es war milde. Wie hätte ich früher eine solche Nacht geliebt!

Kein Mondschein. Nur Sterne glitzerten zitternd am

33

schwarzen Himmel. Wer bewohnt diese Welten? Was für Formen, was für Lebewesen, was für Tiere und Pflanzen gibt es dort? Was wissen die Denkenden dieser fernen Welten mehr als wir? Was können sie mehr als wir? Was sehen sie, das wir nicht kennen? Wird einer von ihnen nicht früher oder später den Raum durcheilen und auf der Erde erscheinen, um sie zu erobern, wie einst die Normannen übers Meer fuhren und sich schwächere Völker unterwarfen?

Wie sind wir schwach, wehrlos, unwissend und so klein auf diesem Klümpchen Schmutz, das in einem Wassertropfen schwimmt und kreist.

Unter solchen Gedanken duselte ich im kühlen Nachtwind ein.

Nachdem ich ungefähr vierzig Minuten geschlummert hatte, öffnete ich die Augen, ohne daß ich die geringste Bewegung machte, denn mich hatte irgendeine dunkle, sonderbare Empfindung geweckt. Zuerst sah ich nichts, dann plötzlich schien mir, eine Seite des Buches, das offen auf meinem Tisch lag, hätte sich von allein umgeblättert. Kein Luftzug war aber durch das Fenster eingedrungen. Überrascht, wartete ich. Nach etwa vier Minuten sah ich, ja, sah ich mit eigenen Augen, wie wieder eine Seite sich hob und auf die vorige legte, als hätte ein Finger sie gewendet. Mein Lehnstuhl war leer, schien leer; aber ich begriff, daß er da an meinem Platz saß und las. Mit einem wütenden Sprung, dem Sprung eines empörten Tiers, das sich auf seinen Dompteur stürzen will, durchquerte ich das Zimmer, um ihn zu packen, ihn zu umklammern, ihn zu töten! … Aber der Lehnstuhl, noch ehe ich ihn erreicht hatte, fiel um, als sei jemand vor mir geflüchtet … der Tisch wankte, die Lampe kippte und erlosch, und das Fenster schloß sich, als wäre ein ertappter Übeltäter, beide Flügel mit den Händen fassend, hinaus ins Dunkel gesprungen.

Er war also geflohen; er hatte Angst gehabt, Angst vor mir, er!

Ist es so … ist es so … dann werde ich ihn morgen … oder übermorgen … oder irgendeines Tages in meinen Fäusten halten und am Boden zerschmettern! Fallen nicht auch Hunde manchmal ihren Herrn an und töten ihn?

18. August. – Ich habe die ganze Nacht gegrübelt. Oh, ja, ich werde ihm gehorchen, all seine Befehle befolgen, alles ausführen, was er will, mich demütig, unterwürfig, feige zeigen. Er ist der Stärkere. Aber meine Stunde wird kommen …

19. August. – Jetzt weiß ich … weiß alles! Soeben las ich in der »Revue du Monde scientifique«: »Eine recht sonderbare Nachricht erreicht uns aus Rio de Janeiro. In der Provinz São Paulo wütet derzeit ein Wahn, eine Wahnepidemie, vergleichbar den ansteckenden Tollheiten, von denen die Völker Europas im Mittelalter befallen wurden. Die verstörten Einwohner verlassen ihre Häuser, ihre Dörfer, ihre Äcker; sie behaupten, wie menschliches Vieh von Wesen verfolgt, besessen, beherrscht zu sein, die unsichtbar, wenngleich spürbar sind, eine Art Vampire, die sich während des Schlafs von ihrem Leben nähren und im übrigen Wasser und Milch trinken, sonst aber, wie es scheint, kein anderes Nahrungsmittel anrühren.

Professor Don Pedro Henriquez ist, von mehreren gelehrten Ärzten begleitet, nach der Provinz São Paulo gereist, um die Ursachen und Erscheinungsweisen dieses verwunderlichen Wahns an Ort und Stelle zu studieren und dem Kaiser Maßnahmen vorzuschlagen, die ihn am besten geeignet dünken, die außer sich geratene Bevölkerung zur Vernunft zu rufen.«

Ah, ich sehe ihn noch vor mir, den schönen brasilianischen Dreimaster, der am 8. Mai an meinen Fenstern vorüber die Seine aufwärts fuhr! Ich fand ihn so strahlend, so weiß, so fröhlich! Aber auf ihm war das Wesen, es kam von dort her, wo seine Rasse geboren ist! Und es hat mich erblickt! Es hat mein ebenso weißes Haus gesehen und ist von dem Schiff ans Ufer gesprungen. Oh, mein Gott!

Jetzt weiß ich, jetzt verstehe ich. Die Herrschaft des Menschen hat ihr Ende erreicht.

ER ist gekommen, den einst die naiven Völker fürchteten, den die besorgten Priester exorzisierten, den die Hexer in dunklen Nächten beschworen, ohne daß er erschien, und dem das Ahnen der zeitweiligen Herren der Welt all die gruseligen oder anmutigen Gestalten der Gnome, Geister, Genien, Feen und Irrwische verlieh. Nach den groben Vorstellungen der primitiven Furcht haben scharfsichtigere Männer ihn deutlicher vorausgefühlt. Mesmer hatte ihn erraten, und die Medizin hat bereits seit zehn Jahren präzise die Natur seiner Macht entdeckt, noch bevor er selbst sie ausübte. Sie haben mit der Waffe dieses neuen Meisters gespielt, mit der Herrschaft eines geheimnisvollen Willens über die Sklave gewordene menschliche Seele. Sie haben es Magnetismus, Hypnose, Suggestion ... was weiß ich genannt. Ich sah, wie sie, harmlosen Kindern gleich, mit dieser furchtbaren Macht ihren Spaß trieben! Unglück über uns! Unglück über den Menschen! Er ist gekommen, der ... der ... wie nennt er sich ... der ... er ruft mir, scheint es, seinen Namen zu, aber ich verstehe ihn nicht ... der ... ja ... er ruft seinen Namen ... Ich höre ... ich kann nicht ... wiederhole ... der ... Horla ... Ich habe verstanden ... der Horla ... er ... der Horla ... ist gekommen! ...

Ach, der Geier hat die Taube gefressen; der Wolf hat das Lamm gefressen; der Löwe hat den Büffel mit den spitzen Hörnern verschlungen; der Mensch hat den Löwen mit dem Pfeil, dem Schwert, dem Schießpulver getötet; aber der Horla wird aus dem Menschen das gleiche machen wie wir aus dem Pferd und dem Rind: sein Eigentum, seinen Diener und seine Nahrung, und das allein kraft seines Willens. Unglück über uns!

Indes empört sich das Tier zuweilen und tötet den, der es bezwungen hat ... das will auch ich ... ich werde es können ... nur muß ich ihn erkennen, ihn fassen, ihn sehen! Die Gelehrten sagen, das Tierauge sei anders als das unsere eingerichtet und sehe anders ... Mein Auge sieht den Neukömmling nicht, der mich unterdrückt.

Warum? Oh, jetzt erinnere ich mich der Worte des Mönchs vom Mont Saint-Michel: »Sehen wir auch nur den hunderttausendsten Teil dessen, was existiert? Nehmen Sie den Wind, die größte Naturkraft; er wirft Menschen um, stürzt Bauwerke, entwurzelt Bäume, treibt das Meer zu Gebirgen von Wasser empor, reißt Steilufer ein, schleudert große Schiffe gegen Klippen, er tötet, er pfeift, er heult, er brüllt – aber haben Sie ihn je gesehen, und könnten Sie ihn sehen? Trotzdem gibt es ihn!«

Und ich überlegte weiter: mein Auge ist so unvermögend, so unvollkommen, daß es nicht einmal die festen Körper erkennt, die durchsichtig wie Glas sind! ... Wenn eine Glasscheibe ohne Spiegelbelag mir im Weg stünde, es ließe mich dagegenrennen, so wie ein Vogel, der sich in ein Zimmer verflogen hat, mit dem Kopf gegen die Fenster schlägt. Noch tausend andere Dinge täuschen es und leiten es irre. Was Wunder, daß es einen neuen Körper nicht wahrzunehmen vermag, durch den das Licht hindurchgeht.

Ein neues Wesen, warum nicht? Kommen mußte es einmal. Weshalb sollten wir die letzten bleiben! Wieso wir es nicht sehen, so wie wir alle vor uns erschaffenen Wesen sehen? Weil seine Natur vollkommener, sein Körper feiner und besser gemacht ist als der unsere, der so kümmerlich, so ungeschickt ausgedacht ist, vollgestopft mit immer müden, immer unter Zwang arbeitenden Organen wie ein überkompliziertes Triebwerk, und der wie Pflanzen und Tiere sich mühselig von Luft, Gras und Fleisch ernährt, eine animalische Maschine, zerstörbar durch Krankheiten, Verformungen, Fäulnis, kurzatmig, schlecht reguliert, einfältig und absonderlich, ingeniös mißraten, ein zugleich grobes und empfindliches Werk, der Entwurf eines Lebewesens, das intelligent und wunderbar hätte werden können.

Wir sind einige, so bedeutungslos auf dieser Welt, von der Auster bis hin zum Menschen. Warum nicht einer mehr, nachdem die Periode des aufeinanderfolgenden Hervortretens der verschiedenen Gattungen einmal abgeschlossen ist?

Warum nicht einer mehr? Warum nicht auch neue Bäume mit riesigen, leuchtenden, ganze Regionen mit ihrem Duft erfüllenden Blüten? Warum nicht andere Elemente als Feuer, Erde, Luft und Wasser? – Ihrer vier sind es, nicht mehr als vier, die Nährväter der Lebewesen! Wie armselig! Warum sind es nicht vierzig, vierhundert, viertausend! Wie schäbig, arm, erbärmlich alles ist! Geschenke des Geizes, kläglich erfunden, schwerfällig gemacht! Ach, der Elefant, das Nilpferd, welche Anmut! Das Kamel, welche Eleganz!

Aber der Schmetterling, entgegnet man mir, eine fliegende Blume! Ich könnte ihn mir groß wie hundert Welten denken, mit Flügeln, deren Form, Schönheit, Farbe und Beweglichkeit ich nicht einmal zu schildern vermöchte. Aber ich sehe ihn ... er fliegt von Gestirn zu Gestirn, erquickt sie und erfüllt sie mit Wohlgeruch durch den leichten, harmonischen Schlag seiner Schwingen! ... Und die Völker dort oben sehen ihn, begeistert und entzückt!

. . . .

Was fällt mir nur ein? Das ist er, er, der Horla, der in mir haust und mich solche Narreteien reden läßt! Er ist in mir, er wird zu meiner Seele; ich muß ihn töten!

19. August. – Ich will ihn töten. Ich habe ihn gesehen! Gestern abend setzte ich mich an den Tisch und tat, als schriebe ich mit großer Aufmerksamkeit. Ich wußte genau, er würde kommen und mich umschleichen, ganz nah – so nahe, daß ich ihn vielleicht berühren und ergreifen könnte? Aber dann! ... dann würde ich ihn mit der Kraft des Verzweifelten, mit meinen Hän-

den, meinen Knien, meiner Brust, meiner Stirn, meinen Zähnen beißen, zerreißen, zerquetschen, erdrosseln.

Und mit all meinen hochgespannten Sinnen lauerte ich.

Ich hatte mir zwei Lampen angezündet und die acht Kerzen vom Kaminsims, so als könnte ich ihn bei solcher Helligkeit erblicken.

Mir gegenüber mein Bett, ein altes Eichenholzbett mit Säulen; zu meiner Rechten der Kamin; zu meiner Linken die Tür, sorgfältig verschlossen, nachdem ich sie lange offengelassen hatte, um ihn hereinzulocken; hinter mir ein hoher Spiegelschrank, der mir täglich zum Rasieren und Ankleiden dient und worin ich mich jedesmal beim Vorübergehen von Kopf bis Fuß zu mustern pflege.

Ich tat also, als schriebe ich, um ihn zu täuschen, denn auch er spähte mich aus; und auf einmal spürte ich, war ich mir sicher, daß er über meine Schulter hinweg las, daß er da war, mein Ohr streifte.

Mit gestreckten Händen stand ich auf, drehte mich so rasch, daß ich fast fiel. Und? ... es war hell wie am Tag, trotzdem sah ich mich nicht im Spiegel! ... Er war leer, durch und durch rein, voller Licht! Mein Bild war nicht drin ... aber ich befand mich davor! Ich sah das große Spiegelglas klar von oben bis unten. Und sah es mit entsetzten Augen; und ich wagte keinen Schritt mehr zu tun, keine Bewegung, wiewohl ich deutlich spürte, er war da, aber er würde mir abermals entwischen, er, dessen nicht erkenntlicher Körper mein Bild verschlungen hatte.

Welch eine Angst hatte ich! Und dann, mit einem-

mal, gewahrte ich mich durch einen Dunst, wie durch eine Wasserschicht; und mir schien, dies Wasser gleite ganz langsam von links nach rechts, wobei mein Abbild Sekunde um Sekunde deutlicher wurde. Es war wie das Ende einer Mondfinsternis. Was mich verborgen hatte, schien keinen festen Umriß zu besitzen, vielmehr eine Art diesiger Transparenz, die sich nach und nach lichtete.

Endlich konnte ich mich vollständig sehen, genauso wie alle Tage, wenn ich mein Aussehen prüfe.

Ich habe ihn gesehen! Das Grauen haftet in mir und macht mich noch immer frösteln.

20. August. – Ihn töten, aber wie? da ich ihn nicht fassen kann. Durch Gift? Er würde sehen, wenn ich es ins Wasser mische; und hätten denn unsere Gifte eine Wirkung auf seinen unfaßlichen Körper? Nein ... nein ... bestimmt nicht ... Aber was dann?

21. August. – Ich habe aus Rouen einen Schlosser kommen lassen und mir für mein Schlafzimmer stählerne Jalousien bestellt, wie sie in Paris manche Privathäuser aus Furcht vor Einbruch im Erdgeschoß haben. Er wird mir auch eine Stahltür machen. Soll der Mann mich für einen Angsthasen halten, ich pfeife drauf!

. . . .

10. September. – Rouen, Hotel Continental. Es ist vollbracht ... es ist vollbracht ... aber ist er nun tot? Meine Seele ist durch das, was ich erlebt habe, erschüttert.

Nachdem der Schlosser mir die Jalousie und die

Stahltür eingebaut hatte, ließ ich gestern alles bis Mitternacht offen, obwohl es anfing kalt zu werden.

Plötzlich spürte ich, er war da, und eine Freude, eine irrwitzige Freude ergriff mich. Gemächlich stand ich auf und wanderte hin und her, lange, damit er ja nichts argwöhne; dann zog ich die Stiefel aus und schlüpfte nachlässig in meine Hausschuhe; dann schloß ich die Stahljalousie und ging ruhigen Schrittes zur Tür, die ich wie stets doppelt sicherte. Ich ging wieder zum Fenster, befestigte es durch ein Vorhängeschloß und steckte den Schlüssel in die Tasche.

Plötzlich begriff ich, daß er um mich herum wirbelte, daß nun er Angst hatte, daß er mir befahl, ihm zu öffnen. Fast hätte ich nachgegeben, aber statt dessen lehnte ich mich gegen die Tür und öffnete sie einen Spalt weit, gerade so viel, daß ich rückwärts hinauskonnte; und da ich sehr groß bin, reichte mein Kopf bis an den Rahmen. Sicher also, daß er nicht hatte entweichen können, schloß ich ihn ein, ihn allein, ganz allein. Ach, die Freude! Ich hatte ihn! Dann lief ich hinunter; im Salon, der unter meinem Schlafzimmer liegt, nahm ich beide Lampen und goß das ganze Öl auf den Teppich, über die Möbel, überall hin; dann legte ich Feuer und rettete mich, nachdem ich meine Haustür zweifach abgeschlossen hatte.

Und ich verbarg mich hinten in meinem Garten, in einem Lorbeergebüsch. Es dauerte lange, sehr lange. Alles blieb finster, stumm, nichts regte sich; es gab keinen Lufthauch, keinen Stern, nur Gebirge von Wolken, die man nicht sah, aber die mir schwer, so schwer auf der Seele lasteten.

Ich blickte nach meinem Haus und wartete. Wie

lange das dauerte! Schon glaubte ich, das Feuer wäre von allein ausgegangen, oder er, ER hätte es gelöscht, da zerplatzte eins der unteren Fenster unter dem Druck der Hitze, und eine Flamme, eine große gelbrote Flamme züngelte lang, liebkosend hoch an der weißen Mauer und küßte sie bis zum Dach. Der Feuerschein lief durch die Bäume, durch Gezweige und Laub, und ein Schauder, ein Schauder der Angst. Die Vögel erwachten; ein Hund begann zu jaulen; es war, als werde es Tag! Noch zwei Fenster zerplatzten, und ich sah, das ganze Parterre meines Hauses war ein einziger Glutherd. Da, ein Schrei, ein gellender, ohrenzerreißender, grausiger Schrei – der Schrei einer Frau stieß in die Nacht, und zwei Mansarden öffneten sich: Ich hatte meine Bediensteten vergessen! Ich sah ihre entsetzten Gesichter, ihre fuchtelnden Arme! …

Außer mir vor Entsetzen, rannte ich nach dem Dorf und brüllte: »Zu Hilfe! Zu Hilfe, Feuer! Feuer!« Schon begegnete ich Leuten, die geeilt kamen, und lief mit ihnen zurück, um zu sehen!

Mein Haus war nur mehr ein schrecklicher, grandioser Scheiterhaufen, ein riesiger Scheiterhaufen, der die ganze Erde erhellte, ein Scheiterhaufen, wo Menschen verbrannten, und wo auch er, ER, ER, mein Gefangener, verbrannte, das neue Wesen, der neue Herr der Welt, der Horla!

Auf einmal stürzte das ganze Dach zwischen die Mauern herab, und ein Vulkan von Flammen schoß himmelauf. Durch alle offenen Fenster sah ich in den Feuerofen und dachte, daß er in dieser Glut verbrannt war …

›Verbrannt? Kann das sein? … Sein Körper? sein

44

lichtdurchlässiger Körper, war er nicht unzerstörbar durch Mittel, die unsereinen töten?

Und wenn er nicht tot wäre? ... vielleicht vermag einzig die Zeit etwas über das furchtbare, das unsichtbare Wesen. Wozu der durchsichtige Leib, der unfaßbare Leib, der Leib aus Geist, wenn auch er Leiden, Verwundungen, Krankheiten, vorzeitige Zerstörung zu fürchten hätte?

Vorzeitige Zerstörung? Aus ihr rührt alle menschliche Furcht! Nach dem Menschen der Horla. – Nach dem, der täglich, stündlich, der jede Minute durch alle möglichen Zufälle sterben kann, ist der gekommen, der erst zu seinem Tag, seiner Stunde, seiner Minute sterben muß, wenn er die Grenze seiner Existenz erreicht!

Nein ... nein ... kein Zweifel, kein Zweifel ... er ist nicht tot ... Aber dann ... dann ... muß ich mich töten!‹
. . . . ‹

Der Esel

Kein Lufthauch bewegte den dichten Nebel über dem Strom. Es war, als liege eine trübe Watteschicht auf dem Wasser. Sogar die Ufersäume blieben undeutlich, versunken unter den bizarr wie Bergketten geränderten Schwaden. Aber da der Tag dem Anbrechen nahte, begann der Uferhang sich abzuzeichnen. Zu seinen Füßen tauchten im ersten Schimmer des Frühlichts die großen weißen Flecke kalkgeschlämmter Häuser auf. Hähne krähten in den Hühnerställen.

Drüben, auf der anderen Seite des Flusses, die eingehüllt unterm Nebel lag, genau dem Dorf La Frette gegenüber, störten für Augenblicke leichte Geräusche das große Schweigen des windlosen Himmels. Bald war es ein leises Plätschern wie das vorsichtige Treiben eines Kahns, bald ein trockener Laut wie der Stoß an eine Bordwand, bald, als falle ein weicher Gegenstand ins Wasser. Dann nichts mehr.

Und manchmal irrten halblaute Worte, wer weiß woher gekommen, vielleicht sehr weit, vielleicht nah, an Land oder auf dem Wasser geboren, durch die undurchsichtigen Nebel, glitten vorüber, strichen fort, ebenso scheu wie die wilden Vögel, die im Ried schlafen und bei der ersten Blässe des Himmels aufsteigen, um weiter zu fliehen, immer weiter, und die man eine Sekunde wahrnimmt, wie sie pfeilgeschwind aus dem Nebel brechen, einen weichen, furchtsamen Schrei ausstoßend, der ihre Brüder längs dem ganzen Fluß weckt.

Mit einemmal erschien in Ufernähe vor dem Dorf ein Schatten auf dem Wasser, anfangs kaum erkenntlich; dann wuchs er, verdeutlichte sich, und aus dem Nebelvorhang, der über dem Strom lag, glitt ein flacher Kahn mit zwei Männern und lief am Grasrand auf Grund.

Der gerudert hatte, stand auf und hob vom Boden des Gefährts einen Eimer voll Fische; dann warf er das noch wassertropfende Netz über die Schulter. Sein Gefährte, der sich nicht gerührt hatte, sagte:

»Bring deine Flinte mit, wir schnappen uns ein Karnickel, Mailloche.«

»Machen wir. Wart auf mich, bin gleich zurück«, antwortete der andere.

Und er ging, den Fang in Sicherheit zu bringen.

Der im Kahn sitzen geblieben war, stopfte gemächlich seine Pfeife und zündete sie an.

Er hieß Labouise, genannt Chicot, und war mit seinem Kumpan Maillochon, gewöhnlich Mailloche gerufen, in dem lichtscheuen, unbestimmten Gewerbe der Wilderei verbündet.

Schiffer niederen Ranges, fuhren sie nur während der Hungermonate regulär zur See. Die übrige Jahreszeit räuberten sie. Tag für Tag auf dem Fluß, jeglicher lebenden und toten Beute hinterher, Wilderer des Wassers, nächtliche Jäger, Treibgutpiraten, bald auf Anstand nach dem Rehwild des Forstes von Saint-Germain, bald auf der Suche nach Ertrunkenen unter Wasser, denen sie die Taschen ausleerten, Sammler schwimmender Lumpen, abgetriebener Hölzer, leerer Flaschen, die, den Hals in der Luft, wie Betrunkene torkelten, machten sich's Labouise und Maillochon angenehm.

Manchmal zogen sie mittags zu Fuß los und bummelten des Wegs vor sich hin. Sie aßen in irgendeinem Gasthaus am Fluß und trabten Seit an Seite weiter. Sie blieben ein, zwei Tage aus; dann sah man sie eines Morgens wieder in dem Dreckkasten, der ihr Schiff war, umherstromern.

Weit weg, in Joinville, in Nogent, suchten untröstliche Ruderer ihr über Nacht verschwundenes Fahrzeug, losgemacht und fort, gestohlen sicherlich; während zwanzig oder dreißig Meilen von da, an der Oise, ein Grundstücksbürger sich die Hände rieb über seinen Gelegenheitskauf vom Vortag und das Boot bewunderte, das er für fünfzig Francs von zwei Männern erworben hatte, die es ihm so im Vorbeigehen angeboten hatten, einfach auf Vertrauen.

Maillochon erschien mit seiner Flinte, die mit Lappen umwickelt war. Er mochte vierzig oder fünfzig sein, war groß, hager und hatte hurtige Augen wie Leute, die Sorgen mit dem Gesetz haben, oder wie vielgehetzte Tiere. Das offene Hemd ließ die graue Wolle seines Brustvlieses sehen. Aber an Bart schien er nie mehr gehabt zu haben als die kurze Bürste unter der Nase und die Fingerspitze storrer Haare unter der Unterlippe. An den Schläfen war er kahl.

Wenn er den schmierigen Deckel hob, der ihm als Mütze diente, sah man seine Kopfhaut mit fusseligem Flaum, einer Ahnung von Haaren überzogen wie ein gerupftes Huhn vor dem Sengen.

Chicot hingegen, rot und picklig, dick, kurz und reich behaart, sah wie ein rohes Beefsteak aus, das unter einem Pionierkäppi steckt. Er hielt das linke Auge immer zugekniffen, als peile er irgend etwas oder irgendwen an.

Wenn man ihn wegen dieses Tics aufzog und ihm zurief: »Mach 's Auge auf, Labouise«, antwortete er seelenruhig: »Keine Angst, Schwester, das mach ich auf, wenn's mir paßt.« Es war nämlich seine Gewohnheit, jedermann »Schwester« zu nennen, auch seinen Gevatter in der Wilderei.

Nun faßte er wieder die Ruderkellen, und abermals grub sich der Kahn in den unbeweglichen Nebel über dem Fluß, der unter dem rosig aufklarenden Himmel jetzt milchig weiß wurde.

Labouise fragte:

»Was für Blei hast du denn genommen, Maillochon?«

Maillochon antwortete:

»Ganz kleines, Neuner, wie's muß für Hasen.«

Sie näherten sich dem jenseitigen Ufer so umsichtig, so behutsam, daß kein Geräusch sie verriet. Diese Seite gehört zum Forst von Saint-Germain und begrenzt die Hasenreviere. Ein Bau am anderen verbirgt sich unter den Baumwurzeln; und in der Morgenfrühe springen die Tiere dort aus und ein.

Maillochon kniete im Bug und spähte, die Flinte noch am Boden des Kahns. Plötzlich griff er sie, legte an, und die Detonation rollte weithin durch den stillen Raum.

Labouise war mit zwei Ruderschlägen am Ufer, sein Kumpan setzte an Land und hob einen kleinen grauen Hasen auf, der noch am ganzen Leib zuckte.

Dann verzog sich das Gefährt erneut in den Nebel nach dem drübigen Ufer zu, um sich vor den Hegern in Sicherheit zu bringen.

Die beiden Männer machten jetzt scheinbar eine harmlose Spazierfahrt auf dem Wasser. Die Waffe war unter der Planke, die zum Versteck diente, und der Hase unter dem bauschigen Hemd von Chicot verschwunden.

Eine Viertelstunde später meinte Labouise:

»Los, Schwester, noch einen.«

Maillochon antwortete:

»Machen wir, ab geht's.«

Und der Kahn fuhr wieder eilig stromab. Der Nebel über dem Fluß begann sich zu lichten. Wie durch einen Schleier wurden an Land die Bäume sichtbar; und das zerrissene Gebräu trieb mit dem Wasserlauf in kleinen Schwaden davon.

Als die Männer sich der Inselspitze vor Herblay näherten, verlangsamten sie ihr Tempo und legten sich erneut auf die Lauer. Bald war ein zweiter Hase geschossen.

Danach fuhren sie weiter stromab, die halbe Strecke bis Conflans; dort hielten sie, banden den Kahn an einem Baum fest, packten sich auf den Boden und schliefen ein.

Ab und zu erhob sich Labouise und überflog mit dem offenen Auge den Horizont. Die letzten Frühdünste hatten sich verflüchtigt, und die große Sommersonne stieg strahlend in den blauen Himmel.

Dort drüben, jenseits des Stroms, rundete sich der Hang mit den Weingärten zum Halbkreis. Auf dem Gipfel stand ein einsames Haus in einem Gebinde von Bäumen. Alles war still.

Doch auf dem Treidelweg bewegte sich sacht und mühselig etwas heran. Es war eine Frau, die einen Esel hinter sich herzerrte. Das Tier, lahm, steif und störrisch, hob nur dann und wann ein Bein und gab den Anstrengungen seiner Gefährtin erst nach, wenn es sich nicht länger sträuben konnte; den Hals gestreckt, die Ohren angelegt, kam es derart langsam vorwärts, daß nicht abzuschätzen war, wann die beiden außer Sichtweite wären.

Die Frau zog tief gebückt, wandte sich nur ab und zu um, den Esel mit einer Gerte zu schlagen.

Labouise, der sie beobachtet hatte, sagte:

»He, Mailloche!«

»Was' los?«

»Willst 'n Spaß haben?«

»Immer.«

»Los, rappele dich, Schwester, es gibt was zu lachen.«

Und Chicot nahm die Ruderkellen.

Als sie den Fluß überquert hatten und vor der Gruppe anlangten, schrie er:

»Ohe, Schwester!«

Die Frau hörte auf, ihre Mähre zu zerren, und schaute. Labouise rief ihr zu:

»Willst du zum Lokomotivenmarkt?«

Die Frau antwortete nicht. Chicot fuhr fort:

»Ohe! Sag mal, der hat wohl beim Rennen 'n Preis gewonnen, der Graue? Wo bringst du den hin in dem Tempo?«

Endlich gab die Frau zur Antwort:

»Zu Macquart will ich, nach Champioux, zum Schinder. Er taugt nichts mehr.«

Labouise antwortete:

»Glaub ich dir. Und wieviel gibt dir Macquart dafür?«

Die Frau, während sie sich die Stirn mit dem Handrücken wischte, meinte zögernd:

»Was weiß ich? Vielleicht drei Francs, vielleicht vier?«

Chicot schrie:

»Ich geb dir hundert Sous, und du sparst den Weg, das ist nicht wenig.«

Nach kurzer Überlegung sagte die Frau:

»Ist gemacht.«

Und die Wilderer legten an.

Labouise faßte das Tier am Zügel. Maillochon fragte überrascht:

»Was hast du vor mit der Pelle?«

Diesmal machte Chicot das andere Auge auf, um seine Heiterkeit zu bekunden. Sein ganzes rotes Gesicht lag in Freudenfalten; er gluckste:

»Keine Bange, Schwester, ich hab meine Idee.«

Er gab der Frau die hundert Sous, und sie setzte sich an den Rain, wartend, was geschehen werde.

Nun ging Labouise wohlgelaunt die Flinte holen und reichte sie Maillochon.

»Jeder einen Schuß, Alte; jetzt geht's auf Großwild, Schwester; Mensch, nicht so dicht ran, du machst 'n ja gleich tot. Mußt den Spaß bißchen dehnen.«

Und er stellte seinen Kumpan vierzig Schritt von dem Opfer. Der Esel fühlte sich frei, er wollte das hohe Ufergras rupfen, aber er war so abgemattet, daß er auf seinen Beinen wackelte, als werde er gleich umfallen.

Maillochon zielte langsam und sagte:

»Eine Fuhre Salz auf die Ohren, Achtung, Chicot.«
Und er schoß.

Das winzige Blei durchsiebte dem Esel die langen Ohren, und er schüttelte heftig bald das eine, bald das andere, bald alle beide, um das Stechen loszuwerden.

Die beiden Männer wanden sich vor Lachen, krümmten sich, trampelten mit den Füßen. Aber die Frau stürzte entrüstet dazwischen, wollte nicht zulassen, daß ihr Esel gequält werde, und lieber die hundert Sous zurückgeben, und sie wütete und greinte.

Labouise bot ihr eine Tracht Prügel an und machte Miene, die Ärmel aufzustreifen. Er hatte bezahlt, nicht wahr? Also: Schnauze. Er könne ihr ja eins in die Röcke jagen zum Beweis, daß man nichts spüre.

Und sie machte sich mit der Drohung davon, ihnen die Gendarmen auf den Hals zu hetzen. Lange hörten sie noch ihr Schimpfen, und desto wilder, je weiter sie sich entfernte.

Maillochon gab dem Kameraden die Flinte.

»Jetzt du, Chicot.«

Labouise legte an und gab Feuer. Der Esel bekam die Ladung ins Hinterteil, aber das Schrot war so fein und von so weit geschossen, daß er sich wohl von Bremsen gestochen wähnte. Denn er begann aus aller Kraft mit dem Schweif um sich zu schlagen, umwedelte sich Beine und Rücken.

Labouise setzte sich, um sich auszulachen, während Maillochon, derart vergnügt, daß es aussah, als niese er in die Kanone, die Waffe neu lud.

Er ging ein paar Schritte näher, zielte nach derselben Stelle wie sein Kumpan und schoß. Das Tier zuckte zusammen, versuchte auszutreten, wandte den

Kopf. Endlich floß ein wenig Blut. Der Esel war innerlich getroffen und tat sein heißes Leiden kund, indem er hinkend, in langsamem, ruckweisem Galopp, hangauf floh.

Die beiden Männer setzten ihm nach, Maillochon mit langen Schritten, Labouise mit eiligen kurzen, dem atemlosen Trab des Kleinen.

Aber der Esel war entkräftet stehengeblieben und sah mit angstgeweiteten Augen seine Mörder kommen. Dann reckte er plötzlich den Kopf und begann zu schreien.

Labouise hatte japsend die Flinte ergriffen. Diesmal ging er ganz nahe heran, er hatte keine Lust, noch einmal so zu rennen.

Als der Esel aufgehört hatte, seine jämmerliche Klage auszustoßen wie einen Hilferuf, einen letzten Schrei der Ohnmacht, rief der Mann, der seine Idee hatte:

»Mailloche, ohe! Komm her, Schwester, dem verpaß ich Medizin.«

Und während der andere dem Tier mit Gewalt das zusammengepreßte Maul aufdrückte, führte ihm Chicot den Flintenlauf tief in die Kehle, als wolle er ihm ein Medikament einflößen; dann sagte er:

»Ohe, Schwester! Achtung! Ich laß das Klistier los.«

Und er drückte auf den Abzug. Der Esel wich drei Schritte zurück, fiel aufs Hinterteil, suchte sich noch einmal hochzurappeln, brach endlich auf die Seite nieder und schloß die Augen. Sein ganzer abgewrackter alter Körper bebte; seine Beine flogen, als wollte er fortrennen. Blut strömte ihm durch die Zähne. Bald rührte er sich nicht mehr. Er war tot.

Die beiden Männer lachten nicht mehr, das war zu schnell gegangen, sie fühlten sich betrogen.

Maillochon fragte:

»So, was jetzt damit?«

Labouise antwortete:

»Keine Bange, Schwester, den laden wir ein, das gibt Jokus, wenn's dunkelt.«

Und sie holten den Kahn. Der Eselskadaver wurde an den Boden gelegt, mit frischem Laub bedeckt, die beiden Stromer packten sich darauf und schliefen wieder ein.

Gegen Mittag zog Labouise aus den Geheimfächern des wurmstichigen und stinkenden Kahns einen Liter Wein, ein Brot, Butter und rohe Zwiebeln, und sie machten sich ans Essen.

Nach beendigter Mahlzeit legten sie sich wieder auf den toten Esel und schliefen weiter. Als es zu dunkeln begann, erwachte Labouise, rüttelte seinen Kameraden, der wie eine Orgel schnarchte, und gebot:

»Los, Schwester, auf Fahrt.«

Und Maillochon ruderte. Ganz sacht zogen sie die Seine stromauf, sie hatten noch Zeit. Sie hielten am Ufer entlang, vorüber an blühenden Wasserlilien, im Geruch des Weißdorns, der die weißen Büschelzweige über die Strömung neigte; und der schwere, schlammfarbene Kahn glitt über die großen, flachen Seerosenblätter, bog ihre bleichen, runden und wie Schellen geschlitzten Kelche nieder, die sich danach wieder aufrichteten.

An der Mauer von Eperon, der Grenze zwischen dem Forst von Saint-Germain und dem Park von Maisons-Laffitte, ließ Labouise seinen Kameraden halten.

Er unterbreitete ihm seinen Plan, der Maillochon in langes, stummes Kichern versetzte.

Sie warfen die über den Kadaver gebreiteten Blätter ins Wasser, packten das Tier bei den Füßen, luden es aus und versteckten es in einem Gebüsch.

Dann stiegen sie wieder ein und fuhren nach Maisons-Laffitte.

Es war stockdunkel, als sie bei Vater Jules in die Gaststube traten. Kaum hatte der sie erblickt, als er auch schon herankam, ihnen die Hände drückte und sich an ihren Tisch setzte. Man plauderte über dies und jenes.

Als gegen elf Uhr der letzte Gast gegangen war, fragte der Alte augenzwinkernd Labouise:

»Na, hast was?«

Labouise wiegte den Kopf und sagte:

»Hab und hab nicht, kann sein.«

Der Gastwirt beharrte:

»Graue, sag, Graue vielleicht?«

Da steckte Chicot die Hand in sein Wollhemd, zog die Ohren eines Hasen hervor und erklärte:

»Macht drei Francs das Paar.«

Nun begann ein langes Gefeilsche über den Preis. Bei zwei Francs fünfundsechzig kamen sie endlich überein. Und die beiden Hasen wurden ausgeliefert.

Die Stromer standen auf, aber der alte Jules belauerte sie:

»Ihr habt doch noch was, wollt es bloß nicht sagen.«

Labouise entgegnete:

»Kann schon sein, aber nicht für dich, Knicker.«

Fiebrig drängte der Alte:

»Hä, was Großes, sag schon, was; man kann sich doch einigen.«

Labouise, der sich ratlos stellte, tat, als befrage er Maillochon mit dem Auge, dann erklärte er mit langgezogener Stimme:

»Die Sache ist die: wir liegen so bei Eperon, da zischt was Großes vorbei, im ersten Busch links, Ende der Mauer.

Mailloche ballert, das fällt. Und wir abgehauen wegen der Wachen. Was es is, kann ich dir nicht sagen, weil ichs nicht weiß. Was Großes, ja, groß isses schon. Aber was? Wenn ich dir was sage, stimmts vielleicht nicht, und du weißt, Schwester, unter uns: ehrliche Sache.«

Bebend fragte der Alte:

»Ist es etwa ein Rehbock?«

Labouise sagte:

»Kann schon sein, so was oder was andres. Ein Rehbock? … Ja … Vielleicht isses noch größer? Eher wie 'ne Hirschkuh. Oh, ich will nich sagen, daß es 'ne Hirschkuh is, weil ichs nich weiß, aber sein kann alles!«

Der Wirt beharrte:

»Vielleicht 'n Hirsch?«

Labouise streckte abwehrend die Hand aus:

»Das nicht. Also 'n Hirsch, 'n Hirsch isses nich, da täusch dich nicht, 'n Hirsch wars nicht. Das hätt ich gesehn durchn Wald. Nein, also 'n Hirsch, 'n Hirsch isses nich.«

»Warum habt ihr's nicht mitgebracht?« fragte der Mann.

»Warum, Schwester, weil ich ab jetzt vom Platz weg

verkaufe. Ich hab meine Abnehmer. Du verstehst, man guckt da so rum, man findet was und nimmts mit. Kein Risiko für Bibi, klar?«

Argwöhnisch fragte der Wirt:

»Und wenn's nun nicht mehr da ist?«

Doch Labouise hob von neuem die Hand:

»Nich mehr da, oh, da isses, das versprech ich dir, das schwör ich dir. Erster Busch links. Bloß was es is, weiß ich nich. Ich weiß, 'n Hirsch isses nich, das nich, da bin ich sicher. Aber was sonst, da mußte gucken gehen. Macht zwanzig Francs auf die Hand, wenn du willst.«

Der Mann zauderte noch:

»Kannst es mir nicht herbringen?«

Maillochon ergriff das Wort:

»Schluß mit dem Spiel. Wenn es ein Rehbock is, fünfzig Francs; wenn es 'ne Hirschkuh is, siebzig; das sind unsre Preise.«

Der Wirt entschloß sich:

»Also gut, zwanzig Francs. Ist gemacht.«

Und sie besiegelten mit Handschlag.

Der Alte entnahm seiner Kasse vier große Hundertsousstücke, und die beiden Freunde steckten sie ein.

Labouise stand auf, leerte sein Glas und ging. Ehe er hinaustrat, drehte er sich noch einmal um und spezifizierte:

»Also 'n Hirsch isses bestimmt nicht. Aber was? ... Jedenfalls, da isses, da isses. Ich geb dir 's Geld zurück, wenn du's nich findest.«

Und er verschwand im Dunkeln.

Maillochon, der ihm nachkam, knuffte ihn mit den Fäusten ins Kreuz vor Vergnügen.

60

Das Bett

An einem glühenden Nachmittag des letzten Sommers lag das große Versteigerungshaus wie verschlafen, und die Auktionatoren vollzogen mit ersterbender Stimme ihr Amt. In einem hinteren Raum des ersten Stocks ruhte ein Posten alter seidener Meßgewänder in einer Ecke.

Es waren feierliche Chorröcke und anmutige Chasubles mit gestickten Girlanden, die sich um die symbolischen Buchstaben schlangen; der Seidengrund war leicht vergilbt, hatte die Farbe von Sahne statt des ursprünglichen Weiß.

Ein paar Zwischenhändler warteten, zwei oder drei Männer mit schmutzigen Bärten, und eine fette, dickbäuchige Frau, eine der sogenannten Toilettewarenhändlerinnen, Ratgeberinnen und Hehlerinnen verbotener Liebe, die mit jungem und altem menschlichem Fleisch ebenso handeln wie mit jüngeren und älteren Nippes.

Mit einemmal wurde ein reizendes Louis-Quinze-Chasuble angeboten, hübsch wie das Gewand einer Marquise und gut erhalten, mit einer Prozession von Maiglöckchen rings um das Kreuz, mit langen blauen Iris, die bis zu den Füßen des heiligen Zeichens aufragten, und Rosenkronen in den Ecken. Als ich es gekauft hatte, merkte ich, daß ein undeutlicher Geruch darin haftete, wie von einem Rest Weihrauch, oder als wäre es noch von den zarten, linden Düften der einstigen Zeit bewohnt, die wie Erinnerungen an Parfums sind, die Seele verflüchtigter Essenzen.

Als ich es zu Hause hatte, wollte ich einen kleinen Stuhl derselben bezaubernden Epoche damit bedecken; und wie ich es durch meine Hände gleiten ließ, um die Maße zu nehmen, fühlte ich unter den Fingern knisterndes Papier. Ich trennte das Futter auf, und mehrere Briefe fielen mir vor die Füße. Sie waren vergilbt; die verblaßte Tinte sah aus wie Rost. Auf eine Seite des Blattes, das nach alter Mode gefaltet war, hatte eine feine Hand geschrieben:

»An den Herrn Abbé d'Argencé.«
Die ersten drei Briefe waren einfache Verabredungen zum Rendezvous. Der vierte lautete:

»Mein Freund, ich bin nicht wohl, ganz krank vielmehr, und muß das Bett hüten. Der Regen schlägt gegen die Scheiben, aber ich liege geborgen und wohlig träumend in der Wärme der Daunenkissen. Ich habe ein Buch, ein Buch, das ich liebe und das mir ein wenig von mir selber zu sprechen scheint. Soll ich Ihnen sagen, welches? Nein. Sie würden mich schelten. Wenn ich dann gelesen habe, sinne ich, und ich will Ihnen sagen, worüber.

Man hat mir Kissen hinter den Kopf geschoben, so daß ich sitzen kann, und ich schreibe Ihnen auf dem allerliebsten Pult, das ich Ihnen verdanke.

Da ich nun seit drei Tagen im Bett liege, denke ich nach über mein Bett und sinne darüber selbst noch im Traum.

Das Bett, mein Freund, ist unser ganzes Leben. Da wird man geboren, da liebt man, da stirbt man.

Wenn ich die Feder des Herrn von Crébillon besäße, wollte ich wohl die Geschichte eines Bettes schreiben. Wieviel aufregende, schreckliche Dramen, wieviel anmutige Abenteuer auch, und wieviel rührende! Was für Belehrungen und Moral für jedermann könnte man daraus gewinnen!

Sie kennen mein Bett, lieber Freund. Nie werden Sie sich ausdenken können, was ich seit drei Tagen alles daran entdeckt habe und um wieviel mehr ich es liebe. Mir dünkt es von einer Reihe Wesen bewohnt, durchgeistert, sollte ich sagen, die ich gar nicht vermutet hätte und die gleichwohl etwas von sich in dieser Liegestatt zurückgelassen haben.

Oh! ich begreife diejenigen nicht, die neue Betten kaufen, Betten ohne Gedächtnis. Meines, das unsrige, so alt, so abgenutzt und so geräumig, muß viele Leben in sich geborgen haben, von der Geburt bis zum Grab. Bedenken Sie das, mein Freund; bedenken Sie das alles, stellen Sie sich ganze Leben vor zwischen diesen vier Säulen, unter diesem Figurenteppich, der über unseren Häuptern gespannt ist und der so vieles mit angesehen hat. Was hat er in den drei Jahrhunderten erblickt, die er hier oben hängt?

Da liegt ein junges Weib. Von Mal zu Mal stößt es Seufzer aus, dann stöhnt es und wehklagt; und die alten Eltern sind bei ihm; und dann geht ein kleines Wesen aus ihm hervor, mauzend wie eine Katze, zusammengerollt, ganz runzlig. Ein Menschenleben beginnt. Sie, die junge Mutter, fühlt sich unter Schmerzen froh; ihr stockt das Herz vor Glück bei dem ersten Schrei, und sie streckt die Arme aus und schluchzt, und um sie herum weint man vor Freude; denn dieses kleine, von ihr abgetrennte Bündel lebendige Kreatur ist die Fortsetzung der Familie, die Fortdauer des Blutes, des Herzens und der Seele der Alten, die ganz zittrig zuschauen.

Dann sind es zwei Liebende, die zum erstenmal Fleisch an Fleisch in diesem Tabernakel des Lebens beinander sind. Auch sie beben, aber hingerissen vor Wonne, sie fühlen sich selig einer beim anderen; und langsam finden sich ihre Münder. Dieser göttliche Kuß verschmilzt sie, der Kuß, Tor des irdischen Himmels, der Kuß, der die menschlichen Freuden singt, der sie

alle verspricht, sie ankündigt und ihnen vorangeht. Und ihr Bett wogt wie das hochgehende Meer, biegt sich, knarrt, scheint selber lebendig und fröhlich, denn auf ihm vollzieht sich das wunderbare Mysterium der Liebe. Was gibt es Süßeres, Vollkommeneres hienieden als diese Umarmungen, die aus zwei Wesen ein einziges machen und ein jedes im selben Augenblick mit denselben Gedanken, derselben Erwartung und derselben unmäßigen Lust erfüllen, die beide durchglüht wie ein verzehrendes himmlisches Feuer?

Entsinnen Sie sich, wie Sie mir vergangenes Jahr Verse von einem alten Dichter vorlasen, ich weiß nicht, welcher es war, der zärtliche Ronsard vielleicht?

> Et quand au lit nous serons
> Entrelacés, nous ferons
> Les lascifs, selon les guises
> Des amants qui librement
> Pratiquent folâtrement
> Sous les draps cent mignardises.

Diese Verse, ich wollte, sie wären in den Himmel meines Bettes gestickt, von wo Pyramus und Thisbe mich ohne Ende anschauen mit ihren gewebten Augen.

Und denken Sie an den Tod, mein Freund, an all jene, die ihren letzten Seufzer in diesem Bett zu Gott emporgesandt haben. Denn es ist auch die Gruft der geendigten Hoffnungen, das Tor, das alles beschließt, nachdem es das gewesen ist, das die Welt auftut. Wie viele Schreie, wieviel Beklemmung, Qual und grausige Verzweiflung, wie viele Sterbensklagen, nach dem Vergangenen sich streckende Arme, nach für immer verlorenem Glück rufende Stimmen; wie viele in Krämpfen sich windende, röchelnde Körper, entstellte Gesichter, verzerrte Münder, geweitete Augen gab es in diesem Bett, das über dreihundert Jahre hin Menschen seinen Schutz geliehen hat!

Das Bett, bedenken Sie, ist das Symbol des Lebens; ich habe es in diesen drei Tagen festgestellt. Nichts ist außerordentlich als das Bett.

Ist nicht der Schlaf einer unserer besten Momente?

Hier ergibt man sich auch jedweder Krankheit! Es ist die Zuflucht der Leidenden, ein Schmerzensort für den erschöpften Leib.

Das Bett ist der Mensch. Unser Herr Jesus Christus, zum Zeichen, daß er nichts Menschliches hatte, scheint nie eines Bettes bedurft zu haben. Er wurde auf Stroh geboren und starb am Kreuz und überließ Geschöpfen, wie wir es sind, ihr Lager zu Wohlbehagen und Ruhe.

Wie vieles andere ist mir noch eingefallen! Aber ich habe keine Zeit, es Ihnen zu notieren, und zudem, weiß ich noch alles? Und überdies bin ich schon so müde, daß ich meine Kopfkissen wegschieben, mich lang ausstrecken und ein wenig schlafen will.

Kommen Sie mich morgen um drei Uhr besuchen, vielleicht geht es mir dann besser, und ich kann es Ihnen beweisen.

Leben Sie wohl, mein Freund; hier meine Hände, daß Sie sie küssen, ich halte Ihnen auch meine Lippen hin.«

Der Hafen

I

Nach vier Jahren, am 8. August 1886, kehrte der
schwere Dreimaster »Notre-Dame-des-Vents«, der am
3. Mai 1882 von Le Havre zu einer Fahrt ins Chinesi-
sche Meer ausgelaufen war, zurück in den Marseiller

Hafen. Kaum nämlich hatte der Frachter an dem chinesischen Bestimmungsort gelöscht, hatte er neue Ladung nach Buenos Aires gefunden und dort wiederum Waren für Brasilien aufgenommen. Umhergetrieben durch weitere Fahrten, dazu sämtliche Zufälle, Abenteuer und Mißgeschicke des Meeres – Havarien, Reparaturen, mehrmonatige Kalmen, Stürme, die ihn vom Kurs abbrachten –, lief der normannische Dreimaster nun, den Bauch voller Weißblechbüchsen mit amerikanischen Konserven, in Marseille ein.

Beim Reiseantritt hatte er außer dem Kapitän und dem Ersten Offizier vierzehn Matrosen, acht Normannen und sechs Bretonen, an Bord. Bei der Rückkehr waren es noch fünf Bretonen und vier Normannen; der eine Bretone war unterwegs gestorben, die vier bei dieser und jener Gelegenheit verschwundenen Normannen waren durch zwei Amerikaner, einen Neger und einen Norweger, den man eines Abends in einer Kneipe von Singapur aufgefischt hatte, ersetzt worden.

Mit gerafften Segeln, die Rahen im Mastwerk gekreuzt und von einem Marseiller Lotsenboot, das ihm voraufkeuchte, geschleppt, rollte das große Schiff auf einem Rest Dünung, die in der eingetretenen Windstille sacht erstarb, am Château d'If vorüber, dann unter den grauen Felsen der Reede hin, die die untergehende Sonne mit Golddunst überzog, und fuhr in den alten Hafen, wo längs den Kais alle Kähne der Welt, große und kleine jeder Form und jeder Takelage, Flanke an Flanke durcheinanderliegen, wie eine Bouillabaisse aus Schiffen in dem fauligen Wasser des zu engen Beckens schwimmen und ihre Schalen in der trüben Brühe aneinander reiben und stoßen.

Die »Notre-Dame-des-Vents« nahm den Platz zwischen einer italienischen Brigg und einem englischen Schoner ein, die sich beiseite drückten, um den Kameraden hineinzulassen; und nachdem alle Zoll- und Hafenformalitäten erfüllt waren, ermächtigte der Kapitän zwei Drittel der Mannschaft, die Nacht an Land zu verbringen.

Es war schon dunkel. Marseille beleuchtete sich. In der Wärme des Sommerabends hing Knoblauchgeruch über der Stadt, die voll Stimmenlärm, Räderrollen, Krachen und Knallen, voll meridionaler Fröhlichkeit war.

Kaum fühlten die zehn Männer, die monatelang auf See gefahren waren, festen Boden, machten sie sich ganz langsam, mit dem Zögern landentfremdeter, der Städte entwöhnter Wesen, in einer Zweierprozession auf den Weg.

Fiebrig vor Liebeshunger, der während der letzten siebzig Tage an Bord in ihren Körpern gewachsen war, schaukelten sie dahin, orientierten sich, indem sie Witterung der in den Hafen mündenden Gassen aufnahmen. Vornweg gingen die Normannen, von Célestin Duclos angeführt, einem langen Kerl, stark und schlau, der den anderen, wann immer sie den Fuß an Land setzten, als Häuptling diente. Er spürte die besten Plätze auf, drehte die Touren nach seinem Kopf und ließ sich nicht groß in Schlägereien ein, wie sie unter Matrosen in den Häfen so häufig sind. War er aber in eine geraten, fürchtete er niemand.

Nach einigem Schwanken zwischen all den dunklen Straßen, die wie Abflüsse herunter zum Meer führten und denen schwere Gerüche entströmten, der Atem

70

von Höhlen, entschied sich Célestin für eine Art gewundenen Korridor, wo über den Türen vorspringende Laternen mit riesigen Nummern in den stumpfgewordenen bunten Glasscheiben blinkten. Frauen in Schürze, wie Dienstmägde, erhoben sich unter den engen Eingangswölbungen von ihren Binsenstühlen, als sie sie kommen sahen, machten drei Schritte hin zum Rinnstein, der die Gasse in zwei Hälften teilte, und stellten sich dem Aufmarsch der Männer in den Weg, die singend und lachend, schon durch die Nähe dieser Prostituiertenkäfige entflammt, langsam herankamen.

Manchmal zeigte sich hinten in einem Vestibül, hinter einer plötzlich geöffneten Tür, die mit braunem Leder gepolstert war, ein dickes halbnacktes Mädchen, deren schwere Schenkel und dicke Waden sich jäh unter einem groben weißen Baumwolltrikot markierten. Ihr kurzer Rock wirkte wie ein gebauschter Gürtel, und das weiche Fleisch ihrer Brüste, Schultern und Arme setzte einen rosigen Fleck über das schwarze, mit Goldlitzen gesäumte Korsett. »Immer rein, schöne Jungs«, rief sie von weitem und kam wohl auch selbst heraus, sich bei einem einzuhängen und ihn mit aller Kraft nach ihrer Tür zu ziehen, indem sie sich an ihn klammerte wie eine Spinne, die ein größeres Tier abschleppt. Der Mann, erregt durch die Berührung, widersetzte sich schlaff, die anderen blieben stehen und guckten, zaudernd, ob sie sofort eintreten oder die appetitmachende Promenade noch verlängern sollten. Hatte die Frau den Matrosen dann nach erbitterten Anstrengungen bis zur Schwelle ihres Logis gezerrt und wollte die ganze Bande sich hinter ihm hineindrängeln, rief auf einmal Célestin Duclos, der sich mit solchen Häusern auskannte: »Nicht da rein, Marchand, das ist nicht das Richtige.«

Dann machte der Mann, dieser Stimme gehorsam, sich mit brutalem Schubs frei, die Freunde reihten sich unter unflätigen Beschimpfungen des wütenden Mädchens wieder ein, und vor ihnen traten, die ganze Gasse hinauf, von dem Lärm gelockt, andere Frauen aus den Türen und stießen verheißungsvolle Angebote aus rostigen Kehlen. Von Mal zu Mal mehr entflammt, zogen sie also weiter zwischen den Schmeicheleien und Versprechungen des Chors der Liebestürhüterinnen vom ganzen oberen Straßenende und den Flüchen, die ihnen der untere Chor nachschleuderte, der Chor der verachteten Mädchen. Ab und zu begegneten sie einer anderen Bande, Soldaten, denen Eisen gegen die Beine schlug, dann wieder Matrosen, vereinzelten Bürgern, Handelsangestellten. Überall taten sich neue schmale Gassen mit trüben Leitsternen auf, und die Männer strichen immer weiter durch das Labyrinth der Spelunken, über schmieriges Pflaster, wo stinkiges Wasser versickerte, rechts und links Mauern weiblichen Fleisches.

Endlich entschied sich Duclos, blieb vor einem einigermaßen ansehnlichen Haus stehen und ließ seine Leute eintreten.

II

Das Fest war gelungen! Volle vier Stunden stopften sich die Matrosen mit Liebe und Wein. Sechs Monate Sold gingen dabei drauf.

Im großen Saal des Cafés waren sie die Herren, die

ungnädigen Auges die Stammgäste maßen, die sich um kleine Tische in den Nischen drückten, wo eines der freigebliebenen Mädchen, als großes Baby oder als Tanzgartensängerin kostümiert, sie bediente und sich dann zu ihnen setzte.

Gleich nach dem Eintreten hatte jeder Mann sich eine Gefährtin erwählt und behielt sie den ganzen Abend, denn das Volk ist nicht wechselhaft. Man hatte drei Tische zusammengerückt, und nach der ersten Runde war die Prozession, um ebenso viele Frauen auf das Doppelte angewachsen, an der Treppe angetreten. Die vier Füße jeden Paares trappten lange auf den Holzstufen, während die Liebesschlange sich durch die enge Tür preßte, die zu den Zimmern führte.

Man kam zum Trinken herunter, ging wieder hinauf, kam wieder herunter.

Fast voll jetzt, krakeelten sie! Mit roten Augen, die Erkorene auf dem Schoß, sangen sie oder schrien, hauten mit der Faust auf den Tisch, gossen sich Wein in die Gurgel, ließen dem menschlichen Tier freien Lauf. Mittendrin hielt Célestin Duclos ein großes, rotbäckiges Mädchen an sich gedrückt, die rittlings auf seinen Knien saß, und sah sie verliebt an. Weniger blau als die Gesellschaft – obwohl er nicht weniger getrunken –, hatte er noch Sinn für anderes und bemühte sich, zärtlich zu plaudern. Die Gedanken rutschten ihm ein bißchen durcheinander, gingen weg, kehrten wieder, verschwammen; er konnte sich schwer entsinnen, was er eigentlich hatte sagen wollen.

Lachend wiederholte er:

»Also, also … du bist schon lange hier?«

»Ein halbes Jahr«, antwortete das Mädchen.

Er nickte zufrieden, als hätte sie damit gutes Betragen bewiesen, und fuhr fort:

»Liebst du dies Leben?«

Sie zögerte, meinte dann ergeben:

»Man gewöhnt sich dran. Es ist nicht schlimmer als was anderes. Ob Dienstmädchen oder Hure, Dreckarbeit ist es so und so.«

Durch seine Miene bekräftigte er auch diese Wahrheit.

»Du bist aber nicht von hier?« fragte er.

Sie schüttelte stumm den Kopf.

»Bist du von weit her?«

Sie nickte.

»Woher?«

Sie schien zu überlegen, Erinnerungen zu sammeln, dann murmelte sie:

»Von Perpignan.«

Wieder war er sehr zufrieden und sagte:

»Aha!«

Nun fragte sie ihn:

»Du bist Seemann?«

»Ja, meine Schöne.«

»Bist du viel rumgekommen?«

»Und ob! Ich hab Länder, Häfen, alles gesehen.«

»Du bist wohl um die Welt gefahren?«

»Das kannst du glauben, und mehr als einmal.«

Sie schien von neuem zu zögern, nach etwas Verges-
senem zu suchen, dann fragte sie mit etwas veränder-
ter, ernsterer Stimme:

»Bist du auf deinen Fahrten viel Schiffen begegnet?«

»Das kannst du glauben, meine Schöne.«

»Hast du zufällig die ›Notre-Dame-des-Vents‹ gesehen?«

Er lachte auf:

»Erst vorige Woche.«

Sie wurde blaß, alles Blut wich aus ihren Wangen.

»Ehrlich? ehrlich wahr?« fragte sie.

»Wahr, wie ich's dir sage.«

»Lügst du auch nicht?«

Er hob die Hand.

»Beim lieben Gott!« sagte er.

»Weißt du, ob Célestin Duclos noch da drauf ist?«

Verblüfft, unruhig, wollte er mehr wissen, bevor er
antwortete.

»Den kennst du?«

Nun wurde sie vorsichtig.

»Oh, ich nicht. Aber eine Frau kennt ihn.«

»Eine von hier?«

»Nein, von nebenan.«

»Diese Straße?«

»Nein, die andere.«

»Was für eine Frau?«

»Na, eine Frau eben, eine wie ich.«

»Was will die von ihm?«

»Was weiß ich, irgendeine Landsmännin.«

Argwöhnisch blickten sie sich in die Augen, beide spürten, ahnten, daß etwas Ernstes zwischen sie treten würde.

Er fragte:

»Kann ich mit der Frau reden?«

»Was würdest du ihr sagen?«

»Ich … ich würd sagen … daß ich Célestin Duclos gesehen hab.«

»Ging es ihm gut?«

»Wie dir und mir, das ist ein Kerl.«

Sie verstummte wieder, um ihre Gedanken zusammenzunehmen, dann fragte sie langsam:

»Und wo fuhr die hin, die ›Notre-Dame-des-Vents‹?«

»Na, nach Marseille.«

Sie konnte ein Aufzucken nicht verbergen.

»Ist wahr?«

»Klar doch.«

»Kennst du Duclos?«

»Klar kenn ich den.«

Sie zögerte wieder, dann sagte sie sehr leise:

»Gut. Das ist gut.«

»Was willst du von ihm?«

»Hör zu, du sagst ihm … nein, nichts!«

Er sah sie immer beklommener an. Endlich wollte er wissen.

»Kennst du den etwa auch?«

»Nein«, sagte sie.

»Was willst du denn von ihm?«

Brüsk faßte sie einen Entschluß, stand auf und lief zum Zahltisch, wo die Chefin thronte, nahm eine Zitrone, die sie öffnete, und ließ den Saft in ein Glas laufen; dann füllte sie es mit klarem Wasser und brachte es.

»Trink das«, sagte sie.

»Warum?«

»Damit der Wein weggeht. Ich red nachher mit dir.«

Gehorsam trank er, fuhr sich mit dem Handrücken über die Lippen, dann sagte er:

»So, ich höre.«

»Erst mußt du versprechen, daß du ihm nicht sagst, daß du mich gesehen hast und von wem du weißt, was ich dir jetzt sage. Schwör es.«

Heuchlerisch hob er die Hand.

»Ich schwör's.«

»Beim lieben Gott?«

»Beim lieben Gott.«

»Gut, also du sagst ihm, sein Vater ist tot, seine Mutter ist tot, sein Bruder ist tot, alle drei gestorben in einem Monat an Typhus, im Januar 1883, vor dreieinhalb Jahren.«

Nun fühlte er, wie sich ihm alles Blut im Leib umdrehte, und er saß einige Augenblicke so erschlagen, daß er nicht sprechen konnte; dann zweifelte er und fragte:

»Bist du sicher?«

»Bin ich.«

»Wer hat dir das gesagt?«

Sie legte die Hände auf seine Schultern und sah ihm in die Augen.

»Schwöre, daß du es nicht verrätst.«

»Ich schwör's.«

»Ich bin seine Schwester.«

Ohne es zu wollen, stieß er den Namen aus:

»Françoise?«

Sie starrte ihn an, dann, schaudernd vor Erschrek-
ken, vor tiefer Entsetzensangst, murmelte sie ganz
leise, fast unhörbar:

»Oh! oh! du bist es, Célestin?«

Sie rührten sich nicht mehr, sahen sich in die Augen.
Rings um sie brüllten die Kameraden. In ihre Ge-
sänge mischten sich der Lärm der Gläser, der Fäuste,
der Absätze, die den Takt schlugen, und die schrillen
Schreie der Frauen.

Er fühlte sie, Leib an Leib, heiß und entsetzensstarr,
seine Schwester! Und ganz leise, vor Angst, daß jemand ihn höre, so leise, daß sogar sie es kaum verstand, sagte er:

»Da hab ich was Schönes angerichtet!«

In einer Sekunde standen ihre Augen voller Tränen,
und sie stammelte:

»Kann ich was dafür?«

Aber plötzlich fragte er:

»Du sagst, sie sind tot?«

»Ja, tot.«

»Der Vater, die Mutter und der Bruder?«

»Alle drei in einem Monat, wie ich dir sage. Ich bin
alleine übriggeblieben, mit nichts als meinen Sachen,
weil ich mit den Möbeln den Apotheker, den Doktor
und die Beerdigung für die drei Toten bezahlen mußte.
Dann hab ich als Magd angefangen bei Maître Ca-
cheux, du weißt, dem Hinkefuß. Ich war genau fünfzehn Jahre, weil als du ausgefahren bist, war ich noch
keine vierzehn. Mit ihm hat es angefangen. Man ist so
dumm, wenn man jung ist. Dann war ich Dienstmäd-

chen beim Notar, der hat mich auch verführt und hat mich nach Le Havre gebracht in ein Zimmer. Bald kam er nicht mehr; ich hatte drei Tage nichts zu essen, und wie ich keine Arbeit fand, bin ich in ein Haus gegangen wie alle anderen. Ich bin auch viel rumgekommen, ach, durch wieviel schmutziges Land! Rouen, Evreux, Lille, Bordeaux, Perpignan, Nice, und jetzt Marseille.«

Die Tränen strömten ihr aus Augen und Nase, näßten ihre Backen, liefen ihr in den Mund.

»Ich dachte, du wärst auch tot, Célestin.«

Er sagte:

»Ich hätt dich nicht erkannt, du warst noch so klein damals, und jetzt bist du so groß! Aber wieso hast du mich nicht erkannt?«

Sie machte eine verzweifelte Geste.

»Ich seh so viel Männer, mir kommen alle gleich vor.«

Er sah in ihre Augen, von einer wirren und so starken Erregung gewürgt, daß er hätte schreien mögen wie ein Kind, das man schlägt. Er hielt sie noch in den Armen, rittlings auf seinen Knien, die Hände um ihren Rücken gebreitet, und wie er sie immerzu so anblickte, erkannte er sie endlich wieder, die kleine Schwester, die er im Dorf zurückgelassen hatte mit den anderen, die sie hatte sterben sehen, während er über die Meere fuhr. Und auf einmal nahm er dies wiedergefundene Gesicht in seine großen Seemannshände und begann es zu küssen, wie man ein brüderliches Gesicht küßt. Dann stiegen in langen Wellen Schluchzer aus seiner Kehle, die sich anhörten wie der Schluckauf eines Betrunkenen.

Er stammelte:

»Du bist es, du bist es, Françoise, meine kleine Françoise …«

Plötzlich stand er auf, fing mit gewaltiger Stimme an zu fluchen, während er mit der Faust auf den Tisch haute, daß die gestürzten Gläser zerbrachen. Er machte drei Schritte, taumelte, streckte die Arme, fiel aufs Gesicht. Und er wälzte sich schreiend am Boden, schlug mit allen vier Gliedmaßen auf die Dielen und stieß Klagen aus, die wie das Röcheln eines Sterbenden klangen.

Seine Kameraden sahen ihm lachend zu.

»Der ist total besoffen«, sagte einer.

»Packt ihn wohin«, sagte ein anderer, »den buchten sie ein, wenn er rausgeht.«

Da er Geld in den Taschen hatte, bot die Patronin ein Bett an, und die Kameraden, selber blau, daß sie sich kaum aufrecht halten konnten, schleppten ihn die enge Treppe zu dem Zimmer des Mädchens hinauf, mit dem er vorher zusammen gewesen und das auf einem Stuhl zu Füßen des verbrecherischen Lagers sitzen blieb und wie er bis zum Morgen weinte.

Der Wolf

Ich gebe hier wieder, was der alte Marquis d'Arville uns zu Ende des Sankt-Hubertus-Essens beim Baron des Ravels erzählte.

Am Tag war ein Hirsch gehetzt worden. Der Marquis war unter den Gästen der einzige, der an der Hatz nicht teilgenommen hatte, denn er jagte nie.

Während des ganzen langen Festmahls hatte man fast nur von Tiermetzeleien gesprochen. Sogar die Damen lauschten angeregt den blutigen, oft unwahrscheinlichen Geschichten, und die Sprecher führten vor, wie sie das Wild aufgespürt und den Kampf Mensch gegen Tier bestanden hätten, fuchtelten mit den Armen in der Luft und redeten mit Donnerstimmen.

Herr d'Arville sprach gut, mit einer gewissen Poesie, ein wenig hochtrabend, aber wirkungsvoll. Er hatte seine Geschichte wohl schon oft vorgetragen, denn er bot sie geläufig dar, ohne bei jenen Worten zu stocken, die geschickt, der Bildlichkeit halber, gewählt waren.

»Meine Herrschaften, ich habe niemals gejagt, auch mein Vater nicht, auch mein Großvater nicht, und auch nicht mein Urgroßvater. Er aber war der Sohn eines Mannes, der mehr gejagt hat als Sie alle zusammen. Er starb 1764. Ich will Ihnen erzählen, wie.

Er hieß Jean, war verheiratet, Vater jenes Knaben, der mein Urgroßvater wurde, und lebte mit seinem jüngeren Bruder, François d'Arville, auf unserem Schloß in Lothringen, mitten im tiefen Wald.

François d'Arville war aus Liebe zur Jagd Junggeselle geblieben.

Beide jagten sie das ganze Jahr hindurch, ohne Rast, ohne Ruh, ohne es jemals müde zu werden. Sie liebten nur das eine, hatten für nichts anderes Sinn, sprachen nur davon, lebten nur dafür.

Sie trugen diese furchtbare, unausrottbare Leidenschaft im Herzen. Sie brannte in ihnen, verzehrte sie ganz, ließ nichts anderem Raum.

Sie hatten verboten, sie bei der Jagd jemals zu stören, was immer geschehen mochte. Mein Urgroßvater wurde geboren, während sein Vater einen Fuchs jagte, und Jean d'Arville unterbrach seine Pirsch nicht, er fluchte nur: ›Himmelsakra! Der Bengel hätte auch bis nach dem Halali warten können!‹

Sein Bruder François war noch besessener als er. Kaum war er aufgestanden, ging er zu den Hunden, dann zu den Pferden, dann schoß er Vögel rings um das Schloß, bis es soweit war, nach einem Großwild auszuziehen.

Im Lande wurden sie der ›Herr Marquis‹ und der ›junge Herr‹ genannt, denn die Adligen von damals hielten es noch nicht wie diese neugebackene Aristokratie von heute, wo ein jeder sich den Titel anmaßt; der Sohn eines Marquis ist ebensowenig Graf oder der Sohn eines Vicomte Baron, wie der Sohn eines Generals von Geburt Oberst wäre. Aber die jämmerliche Eitelkeit unserer Zeit schlägt daraus ihren Nutzen.

Doch zurück zu meinen Vorfahren.

Sie sollen über die Maßen groß gewesen sein, von starkem Knochenbau und Haarwuchs, von heftigem Gemüt und gewaltig an Kräften. Der Jüngere, noch größer als der Ältere, hatte eine so mächtige Stimme, daß nach der umgehenden Legende, auf die er stolz war, alle Blätter im Wald erzitterten, wenn sein Ruf erscholl.

Und es muß ein herrliches Schauspiel gewesen sein, wenn die beiden sich in die Sättel schwangen, um zur Jagd auszureiten, zwei Riesen auf mächtigen Rössern.

Um die Mitte des Winters nun in jenem Jahr 1764 brach grimmige Kälte ein, und die Wölfe wurden reißend. Sie fielen sogar die Bauern an, die verspätet heimkehrten, strichen des Nachts um die Häuser, heulten von Sonnenuntergang bis Sonnenaufgang und entvölkerten die Ställe.

Und bald ging ein Gerücht um. Man sprach von einem riesigen Wolf mit grauem, fast weißem Fell, der zwei Kinder gefressen, einer Frau den Arm abgerissen und alle Wachhunde der Gegend erwürgt habe, der furchtlos in die umfriedeten Höfe einbrach und an den Türritzen schnüffelte. Alle Leute versicherten, sie hätten seinen Atem gespürt und die Kerzenflammen hätten davon geflackert. Und bald verbreitete sich wilde Angst über die ganze Provinz. Niemand wagte mehr, das Haus zu verlassen, sowie der Abend einfiel. Das Dunkel schien durchgeistert von dem Bild des Untiers ...

Die Brüder d'Arville beschlossen, es aufzuspüren und zu töten, und sie luden alle Edelleute des Landes zu großen Jagden ein.

Doch vergebens. Wie man auch die Wälder durchstreifte, das Dickicht durchstöberte, man begegnete ihm nie. Wölfe wurden erlegt, aber nicht dieser. Und in jeder Nacht nach solch einer Treibjagd fiel die Bestie wie zur Rache einen Wanderer an oder riß ein Stück Vieh, stets weit entfernt von dem Ort, wo man sie gesucht hatte.

Eines Nachts endlich drang der Wolf in den Schweinestall des Schlosses ein und fraß die zwei schönsten Zuchteber.

Die beiden Brüder entbrannten in Zorn, denn dieses Wagestück des Grauen mutete sie an wie der blanke Hohn, wie eine gewollte Kränkung, ein Fehdehandschuh. Sie nahmen all ihre starken Spürhunde zusammen, die gefährlichem Wild gewachsen waren, und begaben sich wutflammenden Herzens auf die Jagd.

Vom Morgengrauen bis zu der Stunde, da die purpurrote Sonne hinter den hohen, kahlen Bäumen niedersank, durchstreiften sie weithin das Dickicht, ohne etwas zu finden.

Endlich ritten sie beide wütend und verzweifelt im Schritt ihrer Pferde einen Weg heimwärts, den zu beiden Seiten dichtes Buschwerk säumte, und ergingen sich in Staunen, daß dieser Wolf all ihrer Kunst spottete, bis allgemach eine Art unheimlicher Furcht sie überkam.

Der Ältere sagte: ›Das ist kein gewöhnliches Tier. Sieht nicht alles danach aus, als könnte es denken wie ein Mensch?‹

Der Jüngere antwortete: ›Vielleicht sollten wir unseren Vetter Bischof ersuchen, daß er für uns eine Kugel weiht, oder einen Priester, die nötigen Gebete zu sprechen.‹

Dann verstummten sie.

Jean hob wieder an: ›Sieh, wie rot die Sonne ist. Heute nacht wird der große Wolf wieder ein schlimmes Unheil anrichten.‹

Er hatte noch nicht ausgesprochen, als sein Pferd sich bäumte und das Pferd von François auszuschlagen begann. Ein großer Busch, den totes Laub bedeckte, tat sich vor ihnen auf, und ein riesiges, ganz graues Tier sprang hervor und floh waldein.

Beide stießen vor Jubel eine Art Knurren aus, und weit über die Hälse ihrer schweren Rösser sich krümmend, warfen sie die Gäule mit dem Schub des ganzen

Körpers voran, trieben sie zu so ungestümem Lauf, reizten, drängten, hetzten sie mit Ruf, Hieb und Sporn dergestalt, daß die mächtigen Reiter die schweren Tiere zwischen ihren Schenkeln davonzutragen schienen, als flögen sie.

So sprengten sie im gestreckten Galopp, brachen durchs Unterholz, übersprangen die Hohlwege, erklommen die Hänge, stürzten durch Schluchten und stießen aus Leibeskräften ins Horn, um ihre Leute und Hunde herbeizurufen.

Und so kam es, daß plötzlich, in diesem wahnwitzigen Jagen, mein Ahn mit der Stirn gegen einen riesigen Ast stieß, der ihm den Schädel spaltete; und er sank tot zu Boden, während sein erschrecktes Tier durchging und im Waldesdunkel entschwand.

Der jüngere d'Arville hielt jäh, sprang vom Pferd, riß seinen Bruder in den Armen hoch und sah, wie der Wunde mit dem Blut das Gehirn entquoll.

Da setzte er sich zu dem Leichnam, bettete den roten, entstellten Kopf auf seine Knie und wartete, den Blick auf dem erstarrenden Antlitz des Bruders. Allmählich befiel ihn Angst, eine sonderbare Angst, wie er sie noch nie verspürt hatte, Angst vor der Dunkelheit, Angst vor der Einsamkeit, Angst vor dem verlassenen Wald und Angst auch vor dem gespenstischen Wolf, der nun seinen Bruder getötet hatte, um sich an ihnen zu rächen.

Das Dunkel wurde immer dichter, unter dem scharfen Frost knarrten die Bäume. François erhob sich schaudernd, außerstande, länger zu verweilen, einem Zusammenbruch nahe. Nichts war mehr zu hören, kein Hundegebell, kein Hörnerklang, alles war stumm bis

an den unsichtbaren Horizont; und diese düstere Laut-
losigkeit des eisigen Abends hatte etwas Erschrecken-
des und Fremdes.

Er faßte mit seinen Riesenhänden Jeans großen Körper, hob ihn auf und legte ihn quer über den Sattel, um
ihn zum Schloß zu bringen; dann ritt er langsam los,
verwirrten Geistes, als wäre er trunken, verfolgt von
unheimlichen, beklemmenden Bildern.

Und da, über den Pfad, den die Nacht verhüllte, glitt
ein großer Schatten. Es war die Bestie. Ein Entsetzens-
schauer durchzuckte den Jäger; etwas Kaltes, wie ein
Wassertropfen, rann ihm den Rücken hinab, und
gleich einem Mönch, dem der Böse erscheint, schlug er
ein großes Kreuz, getroffen von der plötzlichen Wie-
derkehr des furchtbaren Schleichers. Doch abermals
fielen seine Augen auf den leblosen Körper vor ihm,
und jetzt, von Angst zu jähem Zorne wechselnd, er-
bebte er in unbändiger Wut.

Da spornte er sein Pferd und stob hinter dem Wolf
her.

Er folgte ihm durchs Gesträuch, durch Schluchten
und Hochwald, durchquerte Wälder, die er nicht erkannte, das Auge starr auf dem hellen Fleck, der in die
Nacht entfloh.

Auch sein Pferd schien von ungekannter Kraft und
Glut beseelt. Es galoppierte mit gestrecktem Hals geradeaus, schleuderte Kopf und Füße des Toten, der
quer über dem Sattel hing, gegen Bäume, gegen Felsen. Dornen rissen ihm die Haare aus; die Stirn, die gegen die mächtigen Stämme schlug, bespritzte sie mit
Blut; die Sporen splitterten Borkenstücke herunter.

Und mit einem Male ließen Tier und Reiter den

Wald hinter sich und stürzten in ein enges Tal, als der Mond eben über den Bergen aufstieg. Dieses Tal war steinig, von ungeheuren Felsmassen umschlossen, ohne jeglichen Ausweg; und der Wolf in der Enge machte kehrt.

Da stieß François ein Freudengeheul aus, das von den Felsen mehrfach widerhallte wie Donnerrollen, und er sprang vom Pferd, den gezückten Hirschfänger in der Hand.

Mit gesträubtem Fell, zusammengeduckt, erwartete ihn das Tier; seine Augen funkelten wie zwei Sterne. Doch ehe der starke Jäger den Kampf aufnahm, trug er seinen Bruder zu einem Felsblock, setzte ihn aufrecht, und während er seinen Kopf, der nur mehr ein blutiger Flecken war, mit Steinen stützte, schrie er ihm ins Ohr, als spräche er zu einem Tauben: ›Gib acht, Jean, gib acht jetzt!‹

Dann warf er sich auf das Untier. Er fühlte in sich Kräfte, um Berge zu versetzen, um Steine mit seinen Händen zu zermalmen. Das Tier wollte ihn schnappen, ihm den Bauch aufreißen; aber schon hatte er es beim Hals gepackt, ohne erst die Waffe zu gebrauchen, und langsam würgte er es, horchend, wie seine Atemzüge und Herzschläge stockten. Und er lachte in rasender Lust, verengte immer mehr die eiserne Umklammerung und schrie in irrwitziger Freude: ›Sieh her, Jean, sieh her!‹ Aller Widerstand brach; der Körper des Wolfes erschlaffte. Er war tot.

Da packte ihn François und lief und warf ihn dem Älteren zu Füßen, wobei er immerfort mit weicher, zärtlicher Stimme sprach: ›Da siehst du, siehst du, sieh her, mein kleiner Jean, da liegt er!‹

90

Dann packte er die beiden Toten auf den Sattel, einen über den andern: und er machte sich auf den Heimweg.

Er kehrte ins Schloß zurück, lachend und weinend in einem, wie Gargantua bei Pantagruels Geburt, schrie in seinem Triumph und stampfte vor Jubel, als er schilderte, wie das Tier verendete, und klagte laut und raufte sich den Bart, da er berichtete, wie sein Bruder gestorben war.

Und oft, wenn er später von diesem Tage sprach, sagte er mit Tränen in den Augen: ›Hätte der arme Jean wenigstens sehen können, wie ich den andern würgte, ich bin sicher, er wäre in Frieden gestorben!‹

Die Witwe meines Ahnen flößte ihrem verwaisten Sohn die Abscheu vor der Jagd ein, die sich vom Vater auf den Sohn bis auf mich übertrug.«

Der Marquis d'Arville schwieg. Jemand fragte: »Diese Geschichte ist eine Sage, nicht wahr?«

Und der Erzähler antwortete: »Ich schwöre Ihnen, sie ist von Anfang bis Ende wahr.«

Da sagte eine Dame leise und sanft: »Das ist doch gleich: so starke Leidenschaften zu haben ist schön.«

Odyssee eines Mädchens

Ja, die Erinnerung an jene Nacht wird nicht verlö-
schen. Eine halbe Stunde hatte ich das düstere Gefühl,
daß es ein unausweichliches Verhängnis gibt; ich verspürte den gleichen Schauder, wie wenn man in Berg-
werksschächte hinuntersteigt. Ich habe den schwarzen
Grund des menschlichen Elends berührt; ich habe be-

93

griffen, daß es manchen unmöglich fällt, ehrenhaft zu
leben.

Es war Mitternacht vorüber. Ich ging schleunigen
Schrittes vom Vaudeville nach der Rue Drouot über
den Boulevard, wo Regenschirme eilten. Wäßriger
Staub wirbelte eher, als daß er fiel, umschleierte die
Gaslaternen, machte die Straße trüb. Das Pflaster
glänzte mehr glitschig als naß. Die hastenden Menschen hatten auf nichts um sich acht.

In den dunklen Türen standen die Huren mit aufge-
hobenem Rock, um ihre Beine zu zeigen, wiesen im
fahlen Schein der Nachtbeleuchtung einen weißen
Strumpf, riefen oder kamen unverfroren herange-
huscht, flüsterten einem zwei stumpfsinnige Worte ins
Ohr. Ein paar Sekunden folgten sie dem Mann, drängten sich an ihn, hauchten ihm ihren fauligen Atem ins
Gesicht; blieben ihre Aufforderungen dann vergeblich,
ließen sie mit schroffer, mißmutiger Gebärde von ihm
ab und setzten sich hüftschwenkend wieder in Gang.

Von allen angerufen, am Ärmel gezerrt, ging ich, ge-
trieben, gehoben vor Ekel. Plötzlich sah ich drei wie

94

angstgescheucht laufen, während sie den andern rasche Worte zuwarfen. Und auch die andern liefen, flohen, rafften mit beiden Händen ihre Röcke, um schneller fortzukommen.

In jener Nacht wurde ein Fangzug in der Prostitution gemacht.

Plötzlich fühlte ich, wie ein Arm sich unter meinen schob, und eine gehetzte Stimme raunte mir zu: »Retten Sie mich, Monsieur, retten Sie mich, lassen Sie mich nicht allein.«

Ich sah das Mädchen an. Sie war keine zwanzig, aber schon welk.

Ich sagte: »Bleib.«

Sie murmelte: »Oh, danke.«

Wir kamen an die Gendarmensperre, die sich auftat, mich hindurchzulassen.

Und ich bog in die Rue Drouot.

Meine Begleiterin fragte: »Kommste mit zu mir?«

»Nein.«

»Warum nicht? Du hast mir einen mächtigen Gefallen getan, das vergeß ich dir nicht.«

Um sie loszuwerden, antwortete ich: »Weil ich verheiratet bin.«

»Was macht denn das?«

»Hör mal, mein Kind, es reicht. Ich habe dich aus der Klemme gezogen. Jetzt laß mich in Frieden.«

Die Straße lag verlassen und schwarz, wirklich finster. Und dieses Mädchen, das meinen Arm drückte, machte das Gefühl von Beklommenheit, das mich befallen hatte, noch quälender. Sie wollte mich küssen. Voll Abscheu wich ich zurück; dann sagte ich barsch:

»Hopp los, verschwinde, ja?«

Sie machte eine Bewegung wie vor Wut, dann fing sie auf einmal an zu schluchzen. Bestürzt, angerührt hielt ich inne, ohne zu begreifen.

»Na, na, was hast du denn?«

Leise, unter Tränen, stieß sie hervor: »Wenn du wüßtest, das ist kein Spaß, weißte.«

»Was denn?«

»So 'n Leben.«

»Warum hast du es dann gewählt?«

»Ist das meine Schuld?«

»Wessen Schuld sonst?«

»Was weiß ich!«

Etwas wie Anteilnahme an der Hilflosen erfaßte mich. Ich fragte: »Willst du mir deine Geschichte erzählen?« Und sie erzählte:

»Ich war sechzehn und in Yvetot bei Monsieur Lerable, einem Samenhändler, in Dienst. Meine Eltern waren tot. Ich hatte keinen Menschen; ich hab schon gemerkt, daß mein Dienstherr mich immer so ulkig anguckte und mir die Backen tätschelte; aber mehr wollt ich nicht wissen. Klar hab ich mich ausgekannt. Auf dem Land ist man nicht blöde; aber Monsieur Lerable war so 'n alter Frömmling, der jeden Sonntag in die Messe ging. Dem hätt ich das nie zugetraut!

Da will er mich doch einen Tag in der Küche umlegen. Ich wehr mich. Er zieht ab.

Uns gegenüber war ein Krämer, Monsieur Dutan, der einen ganz schön lustigen Lagerburschen hatte; na, und von dem hab ich mich beschwatzen lassen. Das passiert jedem, stimmt's? Also hab ich abends die Tür offengelassen, und er kam zu mir.

Aber eine Nacht hört Monsieur Lerable was. Er kommt hoch, findet Antoine und will ihn totschlagen. Es gibt eine Drescherei mit Stühlen, Wasserkannen und allem. Ich meine Klamotten geschnappt, auf die Straße gerannt und abgehauen.

Ich hab eine Angst gehabt, eine Elendsangst. Unter einem Haustor hab ich mich erst angezogen. Dann bin ich immer geradeaus gelaufen. Ich war todsicher, daß einer dabei draufgegangen ist und die Gendarmen mich schon suchen. Und ich auf die Straße in Richtung Rouen. Ich dachte, in Rouen werd ich mich schon verkriechen können.

Es war stockfinster, daß man die Straßengräben nicht sah, und Hunde haben auf den Höfen gekläfft. Und wer weiß, was man nachts noch alles hört? Vögel, die schreien wie 'n Mensch, den sie erwürgen, Viecher, die röcheln, Viecher, die kreischen, und lauter so Sachen, was man nicht begreift. Mir haben die Haare zu Berge gestanden. Bei jedem bißchen hab ich mich bekreuzigt. Das kann sich keiner vorstellen, was einem das ins Herz jagt. Wie es Tag wurde, kam wieder der Gedanke an die Gendarmen, und ich immer gerannt. Dann wurd ich ruhiger.

Trotzdem kriegte ich Hunger, so durcheinander ich war; aber ich hatte nichts, keinen einzigen Sou, ich hatte mein Geld vergessen, mein ganzes Vermögen auf Erden, achtzehn Francs.

Also bin ich mit knurrendem Magen marschiert. Es war warm. Die Sonne stach. Mittag geht vorbei. Ich immer weiter.

Plötzlich hör ich Pferde hinter mir. Ich dreh mich um. Die Gendarmen! Mir ist das Blut gestockt; ich dachte, ich fall um; aber ich hielt mich. Sie holen mich ein. Sie gucken mich an. Einer von beiden, der ältere, sagt:

›Guten Tag, Mam'zelle.‹

›Guten Tag, Monsieur.‹

›Wo wollen Sie denn so hin?‹

›Ich will nach Rouen in Dienst, auf eine Stelle, die sie mir angeboten haben.‹

›Immer so zu Fuß?‹

›Ja, so.‹

Mein Herz hat geklopft, Monsieur, ich hab kaum noch was sagen können. Ich hab gedacht: Die haben dich. Und ich wär am liebsten abgehauen, so hat's mich in den Beinen gerissen. Aber die hätten mich ja im Nu geschnappt, verstehen Sie.

Der Alte fing wieder an: ›Da können wir ja bis Barantin gemeinsam gehen, Mam'zelle, weil wir nämlich denselben Weg haben.‹

›Mit Vergnügen, Monsieur.‹

Und wir so geredet. Ich hab mich spaßig gestellt, so gut ich konnte, klar; da haben die geglaubt, was gar nicht stimmte. Wie wir nun durch einen Wald kamen, sagt der Alte: ›Wollen wir uns nicht ein bißchen auf dem Moos ausruhen, Mam'zelle?‹

Ich, ohne weiter was zu denken: ›Wie Sie wünschen, Monsieur.‹

Na, er steigt ab und gibt dem andern sein Pferd zu halten, und wir beide in den Wald.

Da gab es kein Neinsagen mehr. Was hätten Sie an meiner Stelle gemacht? Der hat sich genommen, was er wollte; dann hat er gesagt: ›Wir dürfen den Kameraden nicht vergessen.‹ Und er los, die Pferde halten, und der andere kam. Ich hab mich so geschämt, ich hätt heulen können, Monsieur. Aber mich wehren, das hab ich mich nicht getraut, verstehen Sie.

Na, dann ging's den Weg weiter. Ich hab nichts mehr gesagt. Ich hab zu viel Trauer im Herzen gehabt. Und dann konnt ich nicht mehr laufen, solchen Hunger hatt ich. Wenigstens haben sie mir in einem Dorf ein Glas Wein spendiert, was mir eine Weile wieder Kraft gegeben hat. Danach sind sie losgetrabt, damit sie nicht in meiner Begleitung durch Barantin mußten. Da hab ich mich in einen Graben gesetzt und alles rausgeflennt, was ich an Tränen hatte.

Ich bin noch mal über drei geschlagene Stunden gelaufen bis Rouen. Sieben Uhr abends war es, wie ich angekommen bin. Zuerst war ich von den vielen Lichtern ganz geblendet. Und dann wußt ich nicht, wo ich mich hinsetzen sollte. Auf den Landstraßen, da sind die Gräben und das Gras, da kann man sich sogar hinlegen und schlafen. Aber in der Stadt, nichts.

Die Beine knickten mir ein unterm Leib, und schwindlig war mir, daß ich dachte, gleich bin ich weg. Und dann fing es an zu regnen, so 'n dünner Nieselregen wie heute, der einem durch und durch geht, ohne daß man's merkt. Ich hab nie Glück an Tagen, wo's regnet. Da bin ich so die Straßen langgegangen. Ich hab mir all die Häuser angeguckt und mir gesagt: Dadrin sind so viele Betten und so viel Brot überall, und ich kann nicht mal ein kleines Stück und einen Strohsack abhaben. Ich kam durch Straßen, da standen Frauen, die riefen Männer an, die vorbeigingen. In solcher Lage, Monsieur, da versucht man, was man kann. Ich fing an, wie die andern, die Leute aufzufordern.

Aber keiner hat mich beachtet. Ich hätte tot sein mögen. Das ging so bis Mitternacht. Ich wußte nicht mal mehr, was ich mache. Endlich kommt ein Mann, der mich hört. Er fragt: ›Wo wohnst du?‹ In der Not wird man schnell gewitzt. Ich sage: ›Ich kann Sie nicht mit zu mir nehmen, weil ich bei Mama wohne. Aber gibt es kein Haus, wo man hingehen kann?‹

Er antwortete: ›Zwanzig Sous für 'n Zimmer geb ich nicht aus.‹ Dann hat er überlegt und gesagt: ›Komm mit. Ich kenn eine ruhige Stelle, wo uns keiner stört.‹

Er hat mich mitgenommen über eine Brücke, und dann ging es bis ans Ende der Stadt, auf eine Wiese am Fluß. Ich konnte kaum noch.

Er ließ mich hinsetzen, und dann fing er an zu reden, warum wir gekommen wären. Aber er hat sich so lange dabei aufgehalten, und ich war so lahm vor Müdigkeit, daß ich eingeschlafen bin.

Er hat sich verduftet, ohne mir was zu geben. Ich hab's nicht mal gemerkt. Es regnete, wie ich schon sagte. Seitdem hab ich Schmerzen, die ich nicht mehr loskriege, weil ich die ganze Nacht im Dreck gelegen hab.

Aufgeweckt wurd ich von zwei Schutzmännern, die mich auf die Wache mitnahmen, und von da ab ins Gefängnis, wo ich acht Tage war; derweil haben sie ausgekundschaftet, wer ich bin und woher ich komme. Ich hab doch nichts sagen wollen aus Angst vor den Folgen. Sie haben's trotzdem rausgekriegt und haben mich nach einem Urteil auf Unschuld freigelassen.

Nun ging's wieder los auf Brotsuche. Ich hab versucht, eine Stellung zu kriegen, aber nichts klappte, weil ich aus dem Gefängnis kam.

Da ist mir eingefallen, wie der alte Richter mich begafft hat, wo er mich verurteilte, genau wie der alte Lerable in Yvetot. Ich zu dem hin. Ich hab mich nicht getäuscht gehabt. Wie ich ging, hat er mir hundert Sous gegeben und gesagt: ›Soviel kriegst du jedesmal; aber komm nicht öfter als zweimal in der Woche.‹

Das verstand ich ja, wegen seinem Alter. Aber das hat mich auf 'ne Idee gebracht. Ich hab mir gesagt: Das junge Volk, das will seinen Spaß, sein Amüsement; aber die geben nie dicke, dagegen bei den Alten ist das was andres. Und jetzt kannt ich die alten Affen ja mit ihren verstohlenen Blicken und ihrem Großmannsgetue.

Wissen Sie, was ich gemacht hab, Monsieur? Ich hab mich als Hausmädchen angezogen, was vom Markt kommt, und hab die Straßen nach meinen Ernährern abgeklappert. Oh! auf den ersten Blick hab ich sie rausgefischt. Ich wußte genau: der da beißt an.

Er kam. Und es ging los.

›Guten Tag, Mam'zelle.‹

›Guten Tag, Monsieur.‹

›Wohin gehen Sie denn so?‹

›Ich geh heim zu meiner Herrschaft.‹

›Wohnt Ihre Herrschaft weit?‹

›Na soso.‹

Dann wußt er nicht mehr, was er sagen sollte. Ich bin langsamer gegangen, damit er rausrücken konnte mit der Sprache.

Da hat er denn ganz leise ein paar Komplimente geflüstert, und dann hat er gefragt, ob ich nicht mal vorbeikommen kann. Ich ließ mich erst bitten, verstehen Sie, dann gab ich nach. Ich hatte immer zweie, dreie je-

den Vormittag und die Nachmittage frei. Das war 'ne gute Zeit in meinem Leben. Da hab ich mir keine Rübe gemacht.

Aber dann kam's. Man wird nie lange in Ruhe gelassen. Das Unglück hat's gewollt, daß ich die Bekanntschaft von so 'nem Schwerreichen aus der oberen Gesellschaft mache. Ein ehemaliger Gerichtspräsident, der gut seine fünfundsiebzig alt war.

Einen Abend führt er mich in ein Restaurant in der Umgegend essen. Und da, verstehen Sie, da hat der sich nicht mäßigen können. Beim Dessert ist er gestorben.

Drei Monate mußt ich absitzen, weil ich nicht in Überwachung stand.

Na ja, so bin ich nach Paris gekommen.

Oh! hier, Monsieur, hier ist das ein hartes Leben. Man hat nicht alle Tage zu essen, wissen Sie. Es sind zu viele. Na ja, ist eben so, jeder hat sein Kreuz, stimmt es?«

Sie schwieg. Mit beklommenem Herzen ging ich neben ihr. Mit einem Male begann sie mich wieder zu duzen.

»Na, willste nicht doch mit zu mir kommen, Schätzchen?«

»Nein, ich habe es dir schon gesagt.«

»Na dann! Wiedersehn, trotzdem schönen Dank, und nimm's nicht krumm. Aber kannst mir glauben, du verpaßt was.«

Und sie ging, tauchte in den schleierigen Regen ein. Ich sah sie noch unter einer Gaslaterne und dann im Dunkeln verschwinden.

Coco

In der ganzen Umgegend hieß die Lucassche Ferme die »Métairie«. Niemand hätte zu sagen vermocht, warum. Mutmaßlich verbanden die Bauern mit dem Begriff »Métairie« die Vorstellung von Reichtum und Pracht, denn unstreitig war dieser Hof der größte, üppigste und ordentlichste im Land.

Das weitläufige Gehöft mit fünf stolzen Baumreihen darum, die gedrungenen und empfindlichen Apfelbäume gegen den rauhen Wind der Ebene zu schützen, umschloß lange ziegelgedeckte Lagergebäude für Futter und Korn, gediegene, aus Flint gebaute Stallungen, Pferdeställe für dreißig Pferde und ein Wohnhaus aus rotem Backstein, das wie ein kleines Schloß aussah.

Die Dunghaufen waren säuberlich gehalten; die Wachhunde wohnten in Hütten, Scharen von Federvieh trippelten durchs hohe Gras.

Jeden Mittag nahmen fünfzehn Personen, Herren, Knechte und Mägde, Platz um den langen Küchentisch, darauf in einer großen Fayenceschüssel mit blauen Blumen die Suppe dampfte.

Die Tiere – Pferde, Kühe, Schweine, Schafe – waren fett, gepflegt und reinlich; und Meister Lucas, ein großer, Bauch ansetzender Mann, machte tags dreimal die Runde, wachte über alles und dachte an alles.

Aus Barmherzigkeit wurde hinten in einem Pferdestall ein ganz alter Schimmel gehalten, den die Bäuerin bis zu seinem natürlichen Tod füttern wollte, weil sie selbst ihn aufgezogen und immer gehegt hatte und weil sich Erinnerungen an ihn banden.

Ein fünfzehnjähriger Stallknecht namens Isidore Duval, Sidore gerufen, hatte den Invaliden zu versorgen, teilte ihm winters sein Maß Hafer und Heu aus und mußte ihn sommers viermal am Tag auf dem Wiesenhang umsetzen, damit er stets reichlich frisches Gras habe.

Das nahezu gelähmte Tier konnte die schweren, über den Hufen geschwollenen Beine mit den dicken Knien kaum mehr aufheben. Sein Fell, das nicht mehr gestriegelt wurde, mutete wie weißes Haar an, und sehr lange Wimpern gaben seinen Augen ein trauriges Aussehen.

Wenn Sidore es hinausführte, mußte er an der Leine zerren, so langsam ging das Tier; und gekrümmt und keuchend, verfluchte es der Junge, verwünschte sich selber, daß er die alte Schindmähre zu hüten hatte.

Die Leute vom Hof, die den Zorn des Stallburschen gegen Coco kannten, machten sich lustig und redeten dauernd von Sidores Liebling, um den Jungen zu ärgern. Seine Kameraden witzelten über ihn. Im Dorf wurde er Coco-Sidore genannt.

Der Junge wütete, und sein Wunsch, sich an dem Pferd zu rächen, wurde immer heftiger. Es war ein magerer Knabe, staksig, sehr unsauber, mit einem dichten Schopf struppiger roter Haare. Er wirkte blöde, redete stottrig, unter unsäglichen Mühen, als könnten sich in seinem beschränkten Kopf keine Ideen bilden.

Längst schon wunderte er sich, daß man Coco am Leben ließ, entrüstete sich, daß für das unnütze Vieh gutes Futter vergeudet wurde. Da es zu keiner Arbeit mehr taugte, dünkte es ihn ungerecht, das Tier zu ernähren; es erschien ihm empörend, an den gliederlahmen Klepper noch Hafer zu verschwenden, guten Hafer, der so teuer war. Und oft sparte er, entgegen den Weisungen von Meister Lucas, am Futter für das Pferd, schüttete ihm nur das halbe Maß ein, geizte mit seiner Streu und seinem Heu. Und Haß wuchs in seinem verworrenen kindlichen Sinn, der Haß des habsüchtigen, des tückischen Bauern, wild, roh und feige.

Wieder kam der Sommer, wieder mußte er das Tier auf der Weide »umsetzen« gehen. Das war weit. Mit jedem Morgen stapfte der Junge wütender in seinem schwerfälligen Schritt durchs Korn. Die Männer, die auf den Feldern arbeiteten, riefen ihm scherzend zu:

»He, Sidore, daß du mir auch schöne Grüße bestellst an Coco.«

Er gab keine Antwort, brach aber im Vorbeigehn eine Rute aus einer Hecke, und als er den Pflock des alten Pferdes versetzt hatte, ließ er es weiter grasen; dann schlich er sich verräterisch an und peitschte ihm die Hessen. Das Tier versuchte auszuweichen, auszuschlagen und stolperte, um die Schläge zu meiden, an seiner Leine immer rundum wie in einer ausweglosen Manege. Und der Bursche peitschte es voller Wut, indem er erbittert, mit zornig zusammengebissenen Zähnen, hinter ihm herlief.

Dann zog er langsam, ohne sich umzudrehen, davon; das Pferd mit den vorstehenden Rippen, atemlos von dem Trab, blickte ihm aus seinen greisen Augen nach. Und es senkte den hageren weißen Kopf erst wieder ins Gras, als es den blauen Kittel des Jungen in der Ferne verschwinden sah.

Da die Nächte warm wurden, ließ man Coco nun ganz draußen, weit draußen am Wiesenhang hinterm Wald. Nur Sidore ging und sah nach ihm.

Jetzt fand der Junge neuen Spaß daran, das Tier mit Steinen zu bewerfen. Er setzte sich zehn Schritt von ihm auf eine Böschung und vertrödelte eine halbe Stunde, indem er von Mal zu Mal einen scharfen Kiesel nach dem Klepper schoß, der, vor seinem Feind angekettet, stehenblieb und starr nach ihm blickte, nicht mehr zu fressen wagte, ehe der andere nicht fort war.

Und eingewurzelt im Sinn des Stallknechts blieb der Gedanke: Wozu ein Pferd ernähren, das zu nichts mehr taugt? Er fand, die elende Mähre bestehle die anderen ums Futter, stehle das Gut der Menschen, das Gut des Herrgotts, bestehle sogar auch ihn, Sidore, der arbeiten mußte.

Allmählich verkürzte er nun mit jedem Tag das Weiderund, das er dem Schimmel gab, wenn er das Holz umsteckte, daran die Leine geknotet war.

Das Tier hungerte, magerte ab, verfiel. Zu schwach, seine Fesseln zu zerreißen, streckte es den Kopf nach dem hohen Gras, das so grün, so nahe vor ihm leuchtete und das es roch, ohne es erreichen zu können.

Aber eines Morgens hatte Sidore eine Idee: Coco gar nicht mehr umzusetzen. Er war es satt, so weit zu laufen wegen dem Gerippe.

Gleichwohl kam er, seine Rache auszukosten. Das unruhige Tier beobachtete ihn. Er schlug es an diesem Tag nicht. Die Hände in den Taschen, lief er um es herum. Er machte sogar Miene, seinen Platz zu wechseln, befestigte den Pflock aber an genau derselben Stelle und ging dann, entzückt von seiner Erfindung, davon.

Als das Pferd ihn fortgehen sah, wieherte es, um ihn zurückzurufen; doch der Junge begann zu rennen, ließ es allein, ganz allein in dem kleinen Tal, fest angebunden und ohne einen Grashalm in Reichweite seiner Kiefer.

Ausgehungert, suchte es die fetten Blätter zu erlangen, an die es mit den Enden seiner Nüstern rührte. Es setzte sich auf die Hinterbeine, reckte den Hals, streckte die großen speichelnden Lippen. Umsonst. Den ganzen Tag erschöpfte sich das alte Tier in vergeblichen, in erbitterten Versuchen. Der Hunger zehrte es aus, der durch den Anblick all der grünen Nahrung, die rings bis an den Horizont sproß, noch grausamer wurde.

An dem Tag kam der Junge überhaupt nicht wieder. Er strolchte durch die Wälder und suchte Vogelnester.

Anderntags erschien er. Coco hatte sich entkräftet niedergelegt. Es rappelte sich auf, als es den Jungen kommen sah, und wartete, daß es endlich umgesetzt würde.

Aber der kleine Bauer bückte sich nicht einmal nach dem Holz im Wiesenboden. Er näherte sich, blinzte nach dem Tier, schmiß ihm einen Klumpen Erde ins Maul, die an dem weißen Fell zerbröckelte, und trabte pfeifend davon.

Das Pferd blieb stehen, solange es ihn noch sehen konnte; dann, wohl spürend, daß seine Versuche, das nahe Gras zu erreichen, vergebens blieben, ließ es sich wieder auf die Flanke nieder und schloß die Augen.

Am nächsten Tag blieb Sidore aus.

Als er tags darauf zu dem noch immer liegenden Tier kam, sah er, daß es tot war.

Da blieb er stehen, gaffte es an, befriedigt über sein Werk und zugleich erstaunt, daß es schon zu Ende war. Er stieß den toten Leib mit dem Fuß, hob einen Huf an, dann ließ er ihn fallen, setzte sich drauf und saß so, ins Gras stierend und ohne etwas zu denken.

Er kehrte nach dem Hof zurück, sagte aber nichts von dem Vorfall, weil er die Stunden, da er sonst aus-

gegangen war, den Platz des Pferdes zu wechseln, noch herumstreunen wollte.

Am nächsten Tag ging er nachsehen. Raben flatterten auf bei seinem Kommen. Unzählige Fliegen wimmelten über dem Kadaver und surrten in der Runde.

Als er zurückkam, meldete er, was geschehen war. Das Tier war so alt, daß keiner sich wunderte. Der Bauer sagte zwei Knechten:

»Nehmt eure Schaufeln und macht ihm eine Grube, wo es liegt.«

Und die Männer verscharrten das Pferd an demselben Platz, wo es verhungert war.

Und das Gras sproß kraftvoll, saftig und drall, genährt von dem armen Leib.

Wahnsinnig?

Bin ich wahnsinnig? oder nur eifersüchtig? Ich weiß es
nicht, aber ich habe grauenhaft gelitten. Ich habe eine
Wahnsinnstat begangen, eine Tat blindwütigen Wahnsinns, ja; aber die keuchende Eifersucht, die unmäßige,
die verratene, verschmähte Liebe, der abscheuliche
Schmerz, den ich leide – reicht all das nicht, daß man

113

Verbrechen, daß man Irrsinnsdinge begeht, ohne wirklich verbrecherisch von Herzen oder Hirn zu sein?

Oh! ich habe gelitten, gelitten, so andauernd, so grell, so entsetzlich gelitten. Ich habe diese Frau mit leidenschaftlicher Glut geliebt ... Und doch, ist es wahr? Habe ich sie geliebt? Nein, nein, nein. Ich war mit Leib und Seele von ihr besessen, ihr verfallen, gefesselt an sie. Ich war, ich bin ihr Eigentum, ihr Spielzeug. Ich gehöre ihrem Lächeln, ihrem Mund, ihrem Blick, den Linien ihres Leibes, der Form ihres Gesichts; unter dem Bann ihres äußeren Bildes ringe ich um Atem; aber sie, die Frau aus alledem, das Wesen dieses Leibes, sie hasse, verachte, verabscheue ich, habe ich immer gehaßt, verachtet, verabscheut; denn sie ist niedrig, dumpf, unrein; sie ist das Weib der Verdammnis, die sinnliche, falsche Kreatur, in der keine Seele lebt und die Gedanken niemals kreisen wie ein freier, belebender Luftstrom; sie ist das Menschentier; weniger als das: sie ist nichts als ein Leib, ein Wunder aus süßem, rundem Fleisch, das von Schändlichkeit bewohnt ist.

Die ersten Zeiten unserer Gemeinsamkeit waren außerordentlich und köstlich. In ihren stets offenen Armen erschöpfte ich mich in rasender, unstillbarer Begier. Ihre Augen, als hätten sie in mir Durst geweckt, machten, daß sich mein Mund öffnete. Sie waren grau um Mittag, grünlich in der Dämmerung, blau in der aufgehenden Sonne. Ich bin nicht wahnsinnig: ich schwöre es, sie hatten diese drei Farben.

In den Stunden der Liebe waren sie blau, wie zerschlagen, mit riesigen, nervösen Pupillen. Durch ihre Lippen, wenn Zittern sie durchlief, stieß manchmal die feuchte, rosige Spitze ihrer Zunge und zuckte gleich der eines Reptils; und ihre schweren Lider hoben sich langsam, entblößten den glühenden und entrückten Blick, der mich toll machte.

Wenn ich sie in den Armen hielt, sah ich in ihre Augen, und ich erschauerte, ebensosehr von dem Bedürfnis durchschüttelt, dieses Tier zu töten, wie von dem Zwang, es unaufhörlich zu besitzen.

Wenn sie durch mein Zimmer ging, klang das Geräusch jedes ihrer Schritte in meinem Herzen wider; und wenn sie sich auszog, ihr Kleid fallen ließ und schamlos und strahlend aus der Wäsche hervortrat, die rings um sie niederglitt, zog mir durch alle Glieder, durch die Arme, die Beine, in meine atemlose Brust eine unendliche, feige Schwachheit.

Eines Tages spürte ich, daß sie meiner satt war. Ich sah es in ihren Augen, beim Erwachen. Jeden Morgen erwartete ich, über sie gebeugt, ihren ersten Blick. Ich erwartete ihn voller Wut, Haß, Verachtung für diese schlafende Kreatur, deren Sklave ich war. Aber wenn das matte Blau ihres Augapfels, dieses wie Wasser flüssige Blau sich entblößte, noch schmachtend, noch schwach, noch matt von den jüngsten Zärtlichkeiten, war es, als sengte mich eine jähe Flamme, die mein Begehren neu entfachte. Als sie an diesem Tage die Lider öffnete, erkannte ich einen gleichgültigen, trüben Blick, der nichts mehr begehrte.

Oh! ich sah es, ich wußte, ich fühlte, ich begriff es sofort. Es war aus, aus für immer. Und den Beweis dafür erhielt ich jede Stunde, jede Sekunde.

Wenn ich sie mit Armen und Lippen rief, wandte sie sich gelangweilt ab und murmelte: »Lassen Sie mich!«

oder: »Sie sind widerwärtig!« oder: »Kann ich denn nie Ruhe haben!«

Da wurde ich eifersüchtig, aber eifersüchtig wie ein Hund, und listig, argwöhnisch, verschlagen.

Ich wußte genau, daß es bald wieder losginge, daß ein anderer kommen und ihre Sinne neu entzünden würde.

Ich wurde eifersüchtig wie verrückt; aber ich bin nicht wahnsinnig; nein, sicher nicht.

Ich wartete; oh! ich belauerte sie; sie hätte mich nicht hintergehen können; aber sie blieb kalt, wie entschlummert. Manchmal sagte sie: »Männer widern mich an.« Und es war die Wahrheit.

Da wurde ich eifersüchtig auf sie selber; eifersüchtig auf ihre Gleichgültigkeit, eifersüchtig auf ihre einsamen Nächte; eifersüchtig auf ihre Gebärden, auf ihre, wie ich fühlte, immer niederträchtigen Gedanken; eifersüchtig auf alles, was ich ahnte. Und wenn sie manchmal beim Erwachen jenen weichen Blick hatte wie früher nach unseren glühenden Nächten, so als habe irgendein Gelüst sich in ihre Seele geschlichen und ihr Verlangen erregt, kam mich ein Zorn zum Ersticken an, ein Zittern vor Entrüstung, die Versuchung, sie zu erwürgen, sie unter mein Knie zu zwingen und ihr aus der zusammengedrückten Kehle all die schändlichen Geheimnisse ihres Herzens zu pressen.

Bin ich wahnsinnig? – Nein.

Dann spürte ich eines Abends, daß sie glücklich war. Ich spürte, daß eine neue Leidenschaft in ihr lebte. Ich war dessen sicher, unanfechtbar sicher. Sie vibrierte wie nach meinen Umarmungen; ihr Auge sprühte, ihre Hände waren heiß, ihre ganze bebende Person ent-

sandte jenen Odem von Liebe, dem meine Verrückt-
heit nach ihr entsprungen war.

Ich tat, als hätte ich nichts bemerkt, aber meine
Wachsamkeit spannte sich wie ein Netz um sie.

Trotzdem konnte ich nichts entdecken. Ich wartete
eine Woche, einen Monat, ein Vierteljahr. Sie erblühte
in einer neuen, unbegreiflichen Glut; sie stillte sich im
Glück einer unfaßbaren Zärtlichkeit.

Und plötzlich kam ich dahinter!

Ich bin nicht wahnsinnig. Ich schwöre, daß ich nicht
wahnsinnig bin!

Wie soll ich es sagen? Wie soll ich mich verständlich
machen? Wie das Abscheuliche, Unbegreifliche in
Worte fassen?

Belehrt wurde ich auf folgende Weise.

Eines Abends, das sagte ich schon, eines Abends, als
sie von einem langen Spazierritt heimkehrte, fiel sie
mit roten Wangen, jagender Brust, zerschlagenen Beinen, ermatteten Augen vor mir in einen Sessel. So
hatte ich sie gesehen! Sie liebte! ich konnte mich nicht
täuschen!

Da der Verstand mir aussetzen wollte und um sie
nicht mehr ansehen zu müssen, wandte ich mich zum
Fenster und sah, wie ein Stallknecht ihr hohes Pferd,
das sich bäumte, am Zügel zum Stall führte.

Auch sie folgte dem glühenden, hochgehenden Tier
mit den Augen. Dann, als es verschwunden war, sank
sie jäh in Schlaf.

Ich grübelte die ganze Nacht; und ich meinte, in Geheimnisse vorzudringen, die ich nie gemutmaßt hatte.
Wer wird je die Verkehrungen der weiblichen Sinn-
lichkeit erforschen? Wer kann ihre unglaublichen Ka-

pricen, die seltsame Befriedigung seltsamster Gelüste begreifen?

Jeden Morgen, in aller Frühe schon, ritt sie im Galopp durch Ebenen und Wälder; und jedesmal kehrte sie abgemattet wie nach Liebesekstasen zurück.

Ich hatte begriffen! ich war jetzt eifersüchtig auf das nervöse, galoppierende Pferd; eifersüchtig auf den Wind, der ihr Gesicht liebkoste, wenn sie in wildem Lauf dahinsprengte; eifersüchtig auf die Blätter, die im Vorüberfliegen ihre Ohren küßten; auf die Sonnentropfen, die durchs Gezweig auf ihre Stirn fielen; eifersüchtig auf den Sattel, der sie trug und den ihre Schenkel umfingen.

Alles das war es, was sie glücklich machte, sie außer sich brachte, sie befriedigte, erschöpfte und sie mir dann empfindungslos, fast ohne Besinnung wiedergab.

Ich beschloß, mich zu rächen. Ich wurde sanftmütig, war voller Aufmerksamkeiten für sie. Ich reichte ihr die Hand, wenn sie nach ihren entfesselten Ritten zu Boden springen wollte. Das wütende Tier schlug nach mir aus; sie streichelte es über den gebeugten Hals, küßte es auf die bebenden Nüstern, ohne sich danach die Lippen abzuwischen; und der Geruch ihres Leibes, der schweißig war, wie der Bettwärme entstiegen, mischte sich in meiner Wahrnehmung mit dem scharfen, wilden Tiergeruch.

Ich erwartete meinen Tag und meine Stunde. Jeden Morgen ritt sie denselben Pfad, durch einen kleinen Birkenhain, der sich bis in den Wald hineinzog.

Vor Morgenrot ging ich hinaus, einen Strick in der Hand und meine Pistolen an der Brust verborgen, wie wenn ich mich im Duell schlagen wollte.

Ich eilte zu dem Weg, den sie liebte; ich spannte das Seil zwischen zwei Bäumen; dann versteckte ich mich im Gras.

Ich hielt das Ohr am Erdboden; fern hörte ich ihren Galopp; dann tauchte sie weit hinten aus dem Laubwerk wie vom Ende eines Gewölbes in wildem Rennen auf. Oh! ich hatte mich nicht getäuscht, das war es! Sie schien vor Wonne entrückt, Blut in den Wangen, Tollheit im Blick; und von der überschleunigten Bewegung vibrierten ihre Nerven in einsamem, entfesseltem Genuß.

Der Hengst prallte mit beiden Vorderfüßen gegen meine Falle und rollte mit gebrochenen Beinen nieder. Sie fing ich in meinen Armen auf. Ich bin stark, einen Ochsen zu tragen. Dann, als ich sie zu Boden gesetzt hatte, trat ich zu ihm, der uns anblickte; und während er mich noch zu beißen suchte, drückte ich ihm meine Pistole ins Ohr ... und tötete ihn ... wie einen Mann.

Aber das Gesicht von zwei Peitschenschlägen zerschnitten, fiel ich selber; und als sie von neuem nach mir ausholte, feuerte ich die zweite Kugel ihr in den Leib.

Sagen Sie, bin ich wahnsinnig?

Madame Baptiste

Als ich die Bahnhofshalle von Loubain betrat, galt mein erster Blick der Uhr. Zwei Stunden und zehn Minuten blieben auf den Pariser Express zu warten.

Ich fühlte mich mit einemmal kaputt wie nach zehn Stunden Fußmarsch; dann blickte ich mich um, als wäre an den Wänden irgend etwas zu entdecken, um die Zeit totzuschlagen; dann ging ich hinaus, hielt vor dem Bahnhofsportal inne und grübelte angestrengt, was ich anfangen könnte.

Die Straße, eine Art Boulevard mit kärglichen Akazien, zwischen zwei Reihen unterschiedlicher Häuser, Kleinstadthäuser, stieg eine Art Hügel hinan; und ganz am Ende waren Bäume zu erkennen, als ob sie in einen Park mündete.

Von Zeit zu Zeit querte eine Katze die Fahrbahn, übersprang vorsichtig die Gossen. Ein eiliger kleiner Köter beroch jeden Baumstamm, suchte Küchenabfälle. Kein Mensch war zu sehen.

Dumpfe Entmutigung befiel mich. Was tun? Was tun? Schon dachte ich an die endlose, unvermeidliche Sitzerei in dem kleinen Bahnhofsrestaurant vor einem untrinkbaren Bier und der unlesbaren Lokalzeitung, als ich einen Trauerzug gewahrte, der aus einer Seitenstraße kam und in die Allee bog, auf der ich mich befand. Den Leichenwagen zu sehen war eine Erleichterung für mich. Wenigstens zehn Minuten waren gewonnen.

Doch plötzlich verdichtete sich meine Aufmerksamkeit. Dem Toten folgten nur acht Herren, von denen einer weinte. Die übrigen plauderten freundschaftlich. Kein Priester war dabei. Ein ziviles Begräbnis, dachte ich; dann fiel mir jedoch ein, daß eine Stadt wie Loubain mindestens an hundert Freidenker haben müßte, die es sich zur Pflicht gemacht hätten, ihre Denkungsart zu manifestieren. Also was? Der rasche Schritt des Zuges bezeugte doch, daß man diesen Toten ohne Zeremonie und folglich ohne Religion begrub.

Meine müßige Neugier stürzte sich in die kompliziertesten Hypothesen; aber als der Leichenwagen an mir vorüberfuhr, kam ich auf einen sonderbaren Einfall: nämlich mich den acht Herren anzuschließen. Damit wäre ich immerhin eine Stunde beschäftigt, und mit trauriger Miene setzte ich mich hinter den anderen in Bewegung.

Die beiden letzten drehten sich verwundert um, dann sprachen sie leise miteinander. Sicher fragten sie sich, ob ich aus der Stadt sei. Dann wandten sie sich an die beiden vor ihnen, die mich nun ihrerseits musterten. Diese forschende Aufmerksamkeit genierte mich, und um dem ein Ende zu setzen, näherte ich mich meinen Nachbarn. Nachdem ich gegrüßt hatte, sagte ich: »Verzeihen Sie, meine Herren, wenn ich Ihre Unterhaltung störe. Aber da ich einen zivilen Leichenzug sah, habe ich mich beeilt, ihm zu folgen, ohne übrigens den Toten zu kennen, den Sie geleiten.« Einer der Herren entgegnete: »Es ist eine Tote.« Ich war überrascht und fragte: »Aber es ist doch ein ziviles Begräbnis, nicht wahr?«

Der andere Herr, der mich offensichtlich zu unterrichten wünschte, nahm das Wort: »Ja und nein. Die Geistlichkeit hat uns das Betreten der Kirche verboten.« Diesmal stieß ich vor Verwunderung ein »Ah!« aus. Ich begriff überhaupt nichts mehr.

Mein gefälliger Nachbar vertraute mir mit gedämpfter Stimme an: »Wissen Sie, das ist eine ganze Geschichte. Die junge Frau hat sich umgebracht, darum konnte sie nicht kirchlich beerdigt werden. Das ist ihr Mann, den Sie da vorne sehen, der erste, der, der weint.«

Zögernd sagte ich: »Sie erstaunen mich und machen

mich sehr neugierig, Monsieur. Wäre es unziemlich, wenn ich Sie bäte, mir diese Geschichte zu erzählen? Falls ich Ihnen indes lästig falle, will ich nichts gesagt haben.«

Der Herr hakte mich vertraulich unter: »Aber keineswegs, keineswegs. Lassen Sie uns nur ein wenig zurückbleiben. Ich werde Ihnen das Ganze erzählen, es ist sehr traurig. Wir haben Zeit genug, bis wir am Friedhof sind; die Bäume sehen Sie ja dort oben, der Weg hat es in sich.«

Und er begann:

»Diese junge Frau, Madame Paul Hamot, müssen Sie wissen, war die Tochter eines reichen Kaufmanns von hier, eines Monsieur Fontanelle. Als sie noch klein war, mit elf Jahren, geschah ihr etwas Furchtbares: sie wurde von einem Diener geschändet. An den Mißhandlungen des Elenden wäre sie fast gestorben, und seine Brutalität verriet ihn. Es gab einen abscheulichen Prozeß, der enthüllte, daß das arme Kind seit drei Monaten das Opfer dieses Ungeheuers war. Der Mann wurde zu lebenslänglicher Zwangsarbeit verurteilt.

Das kleine Mädchen wuchs, von der Schande gezeichnet, heran, abgesondert, ohne Freundin, kaum je von den Erwachsenen geliebkost, denn sie hätten gewähnt, sich die Lippen zu beschmutzen, wenn sie ihre Stirn berührten.

Sie war für die Stadt eine Art Monster, ein Objekt der Sensationslust geworden. ›Die kleine Fontanelle, Sie wissen doch‹, flüsterte man. Auf der Straße drehte sich alles um, wenn sie vorbeiging. Man konnte nicht einmal Kindermädchen finden, die sie spazierenführ-

ten, weil die Bedienten der anderen Familien sie mieden, als verbreite das Kind eine Ansteckung, die auf alle übergreife, die ihm nahe kämen.

Es war ein Jammer, die arme Kleine auf dem Platz zu sehen, wo die Kinder des Nachmittags spielten. Ganz allein blieb sie bei ihrer Bonne stehen und schaute mit traurigen Augen zu, wie die anderen fröhlich waren. Gab sie einmal dem unwiderstehlichen Verlangen nach, sich unter ihresgleichen zu mischen, kam sie scheu, mit furchtsamen Gesten, und näherte sich zaghaft einer Gruppe, als wäre sie sich ihrer Unwürdigkeit bewußt. Und sofort stürzten von allen Bänken die Mütter, Kinderfrauen, Tanten herbei, griffen die ihnen anvertrauten kleinen Mädchen bei der Hand und zerrten sie unerbittlich fort. Die kleine Fontanelle blieb allein, bestürzt, ohne zu begreifen, und fing vor Kummer herzzerbrechend an zu weinen. Dann lief sie zu ihrer Bonne und barg das Gesicht schluchzend in deren Schürze.

Sie wurde groß; es kam noch schlimmer. Man hielt die jungen Mädchen von ihr fern, wie wenn sie die Pest gehabt hätte. Stellen Sie sich vor, für diese junge Person gab es nichts mehr kennenzulernen, nichts; sie hatte kein Anrecht mehr auf die symbolische Orangenblüte; sie war, fast ehe sie lesen konnte, hinter das gefürchtete Geheimnis gekommen, das jede Mutter zitternd erst am Abend vor der Hochzeit nur eben erahnen läßt.

Wenn sie die Straße entlangging, immer von ihrer Gouvernante begleitet, als wollte man sie aus beständiger Furcht vor einem neuen schrecklichen Abenteuer unter Aufsicht halten – wenn sie die Straße entlang-

ging, die Augen stets gesenkt unter der Last ihrer rät-
selvollen Schande, guckten die übrigen jungen Mädchen, die ja weniger naiv sind, als man glaubt, unter
hämischem Lachen und Getuschel nach ihr und wandten sehr rasch mit zerstreuter Miene den Kopf ab,
wenn sie ihnen zufällig ins Gesicht blickte.

Gegrüßt wurde sie kaum. Nur einige Männer zogen
den Hut vor ihr. Die Mütter taten, als hätten sie sie
nicht gesehen. Manche kleinen Strolche riefen sie ›Madame Baptiste‹ nach dem Namen des Dieners, der sie
geschändet und zu einer Ausgestoßenen gemacht
hatte.

Niemand kannte die geheimen Qualen ihrer Seele,
denn sie sprach kaum und lachte nie. Sogar ihre Eltern
schienen von ihrer Gegenwart bedrückt, so als würfen
sie ihr ewig etwas vor, was nie mehr gutzumachen ist.

Kein ehrbarer Mann würde einem entlassenen
Zuchthäusler gerne die Hand geben, nicht wahr? und
wäre dieser Zuchthäusler sein Sohn. Monsieur und
Madame Fontanelle verhielten sich zu ihrer Tochter
wie zu einem Sohn, der aus dem Bagno kommt.

Sie war hübsch und blaß, groß, schlank, vornehm.
Mir, Monsieur, hätte sie sehr gefallen ohne diese Geschichte.

Ja, und als wir vor nunmehr achtzehn Monaten
einen neuen Unterpräfekten bekamen, brachte der seinen persönlichen Sekretär mit, einen kuriosen Burschen, der sein Leben anscheinend im Quartier Latin
zugebracht hatte.

Er sah Mademoiselle Fontanelle und verliebte sich
in sie. Man sagte ihm alles. Er entgegnete lediglich:
›Bah, das ist die beste Garantie für die Zukunft. Mir ist

ein Vorher lieber als ein Nachher. Bei solcher Frau kann ich ruhig schlafen.‹

Er machte seine Besuche, hielt um ihre Hand an und heiratete sie. Und da er Schneid hatte, machte er die Visiten, als ob nichts gewesen wäre. Einige Leute erwiderten sie, andere hielten sich fern. Kurz, man begann zu vergessen, und sie nahm in der Gesellschaft einen Platz ein.

Nun müssen Sie wissen, daß sie ihren Mann anbetete wie einen Gott. Sie verstehen, er hatte ihr die Ehre wiedergegeben, er hatte sie dem normalen Leben eingegliedert, hatte die öffentliche Meinung herausgefordert, bezwungen, hatte den Schmähungen getrotzt, hatte, kurz gesagt, durch die Tat einen Mut bewiesen, den sehr wenige Männer aufgebracht hätten. Sie hegte für ihn also eine unmäßige, stürmische Leidenschaft. Sie wurde schwanger, und als man das erfuhr, öffneten ihr selbst die heikelsten Leute ihre Tür, so als wäre sie durch die Mutterschaft endgültig gereinigt. Es ist komisch, aber so ist es ...

Alles stand also zum besten, bis wir neulich hier im Ort Kirchweihfest hatten. Der Präfekt, von seinem Generalstab und den städtischen Autoritäten umgeben, präsidierte dem Wettbewerb der Gesangsvereine, und nachdem er seine Rede gehalten hatte, begann die Verleihung der Medaillen, die sein persönlicher Sekretär, Paul Hamot, den Preisträgern überreichte.

Sie wissen, in solchen Dingen gibt es immer Eifersüchteleien und Rivalitäten, über denen die Leute jedes Maß verlieren.

Alle Damen der Stadt waren auf der Estrade zugegen.

128

Es kam der Leiter des Gesangsvereins von Mormillon an die Reihe. Sein Verein hatte nur einen Preis zweiter Klasse gewonnen. Man kann schließlich nicht allen die erste Klasse geben, nicht wahr?

Als der persönliche Sekretär ihm die Medaille überreichte, wirft der Mann sie ihm doch ins Gesicht und schreit: ›Deine Medaille, die kannst du behalten für Baptiste. Dem schuldest du sogar eine erster Klasse, genauso wie mir.‹

Nun waren da eine Menge Leute, die anfingen zu lachen. Das Volk ist weder barmherzig noch feinfühlig, und aller Augen wandten sich nach der armen Frau.

Oh, Monsieur, haben Sie je eine Frau wahnsinnig werden sehen? Nun, wir haben einem solchen Schauspiel beigewohnt! Dreimal nacheinander erhob sie sich und fiel auf ihren Platz zurück, wie wenn sie fortstürzen wollte und begriffen hätte, daß sie durch die dichte Menge, die sie umgab, nicht hindurchkäme.

Irgendwo aus dem Publikum schrie auch noch eine Stimme: ›Ohe, Madame Baptiste!‹ Da entstand großer Lärm, halb aus Belustigung, halb aus Entrüstung.

Das war ein Getöse, ein Tumult; alle Köpfe waren in Bewegung. Einer wiederholte dem anderen den Ruf; man reckte sich, um zu sehen, was für ein Gesicht die Unglückliche machte; Ehemänner hoben ihre Frauen in den Armen hoch, um sie ihnen zu zeigen; Leute fragten: ›Welche, die in Blau?‹ Gassenlümmel stießen Hahnenschreie aus; überall erschallte lautes Gelächter.

Bestürzt verharrte sie auf ihrem Tribünensitz, als wäre sie der Versammlung zur Schau gestellt worden. Sie konnte sich weder unsichtbar machen noch weglaufen, noch ihr Gesicht verbergen. Ihre Lider flacker-

ten, als verbrenne ihr ein großes Licht die Augen; und nach Luft hat sie gejapst wie ein Pferd, das einen Steilhang geht.

Es zerriß einem das Herz, sie zu sehen.

Monsieur Hamot hatte den Grobian an der Kehle gepackt, und sie wälzten sich inmitten gräßlichen Getümmels an der Erde.

Die Zeremonie wurde unterbrochen.

Eine Stunde darauf ging das Ehepaar Hamot nach Hause; die junge Frau, die seit der Beschimpfung nicht ein Wort gesagt, aber gezittert hatte, als wären ihre sämtlichen Nerven von einer Feder in Tanz versetzt worden, übersprang plötzlich das Brückengeländer, ohne daß ihr Mann sie hätte zurückhalten können, und stürzte sich in den Fluß.

Das Wasser ist tief unter dem Brückenbogen. Es dauerte zwei Stunden, ehe man sie gefunden hatte. Natürlich war sie tot.«

Der Erzähler verstummte. Dann setzte er hinzu:

»Vielleicht war es das Beste, was sie in ihrer Lage

tun konnte. Es gibt eben Dinge, die kann man nicht ungeschehen machen.

Jetzt begreifen Sie wohl, warum die Geistlichkeit uns die Kirchentür verweigert hat. Oh, wenn das Begräbnis christlich wäre, die ganze Stadt wäre gekommen. Aber Sie verstehen, da der Selbstmord zu der anderen Geschichte noch hinzukam, sind die Familien weggeblieben; man hat es ziemlich schwer hier, wenn man zu einer Beerdigung ohne Priester geht.«

Wir schritten durch das Tor zum Friedhof. Und ich wartete, sehr bewegt, bis der Sarg in die Grube hinuntergelassen war, dann trat ich zu dem armen Kerl, der schluchzte, und drückte ihm mit Nachdruck die Hand.

Überrascht sah er mich durch seine Tränen an, dann sagte er: »Danke, Monsieur.« Und ich habe es nicht bereut, diesem Trauerzug gefolgt zu sein.

Der alte Judas

Die ganze Landschaft war überwältigend, von beinah
religiöser Stille und düsterer Ödnis. In einem weiten
Kreis kahler Höhen, wo einzig Stechginster wuchs und
hier und da eine vom Wind verkrüppelte Eiche, erstreckte sich ein großer Wildteich, ein schwarzes, ste-
hendes Wasser, rings von Ried überschauert.

An dem dunklen Wasser ein einzelnes Haus, klein und niedrig, von einem alten Fährmann bewohnt, dem Vater Joseph, der vom Ertrag seines Fangs lebte.

Jede Woche trug er den Fisch in die benachbarten Dörfer und kehrte mit den einfachen Vorräten zurück, die er zum Leben brauchte.

Ich besuchte den Einsiedler. Er bot mir an, mit nach seinen Reusen hinauszufahren, und ich war bereit.

Sein Kahn war alt, wurmstichig und schwer. Und der knochige Mann ruderte ihn mit gleichförmigem, sanftem Schlag, der den Geist einwiegte, den die Trübsal des Horizonts ohnedies umfing.

Ich wähnte mich an den Anfang der Welt zurückversetzt in dieser antiken Landschaft, in dem primitiven Kahn, den dieser Alte aus anderen Zeiten regierte.

Er holte die Netze ein und warf die Fische mit den Gebärden eines biblischen Fischers zu seinen Füßen. Danach wollte er mich bis ans Ende des Sumpfwassers fahren, und mit einemmal erblickte ich am jenseitigen Ufer eine verfallene Hütte mit ausgefleddertem Strohdach, an deren Mauer ein Kreuz, ein riesiges rotes Kreuz, wie mit Blut gemalt, in den letzten Strahlen der Abendsonne leuchtete.

»Was ist das?« fragte ich.

Sogleich bekreuzigte sich der Mann und erwiderte: »Da ist Judas gestorben.«

Ich war nicht einmal überrascht, so als hätte ich die seltsame Antwort erwarten können.

Trotzdem beharrte ich: »Judas? Welcher Judas?«

Er sagte: »Der ewige Jude, Monsieur.«

Ich bat ihn, mir die Sage zu erzählen. Aber es war mehr als eine Sage; es war eine Begebenheit und beinahe kürzlich geschehen, denn Vater Joseph hatte den Mann noch gekannt.

Früher wohnte dort eine große Frau, eine Art Bettlerin, die von der öffentlichen Mildtätigkeit lebte. Von wem sie die Hütte hatte, dessen entsann sich Vater Joseph nicht mehr.

Eines Abends nun kam ein Greis mit weißem Bart, ein Greis, der wie zweimal hundert Jahre aussah und sich nur mit Not dahinschleppte, bei der Elenden vorüber und bat um eine Gabe.

Sie sagte: »Setzt Euch, Alter, alles was ich habe, gehört jedermann, denn es kommt von jedermann.«

Er setzte sich auf den Stein vor ihrer Tür. Er teilte mit der Frau das Brot und teilte auch ihr Lager aus Laub und ihre Behausung.

Er ging nicht mehr fort. Seine Wanderschaft hatte ein Ende gefunden.

Vater Joseph fügte hinzu:

»Es war Unsere Liebe Frau, die das erwirkt hat, Monsieur, daß eine Frau dem Judas ihre Tür auftat.«

Denn der alte Vagabund war der ewige Jude.

Gleich hat man es nicht erfahren im Land, aber man hat es sich bald gedacht, weil er immer wieder umherstrich, so tief stak ihm die Gewohnheit im Leibe.

Noch etwas hatte den Verdacht entstehen lassen. Die Frau, die den Fremden bei sich aufgenommen hatte, galt als Jüdin, denn sie war nie in der Kirche gesehen worden.

Zehn Meilen im Umkreis hieß sie nur »die Jüdin«. Wenn die kleinen Kinder im Dorf sie betteln kommen sahen, riefen sie: »Mama, Mama, draußen ist die Jüdin!«

Der Alte und die Frau zogen nun zu zweit durch die umliegenden Dörfer, streckten vor allen Haustüren die Hand hin, flehten die Vorübergehenden an. Zu allen Tagesstunden sah man sie auf den Feldwegen längs den Ortschaften gehen oder im Schatten eines einsamen Baumes, in der großen Mittagshitze, ein Stück Brot verzehren.

Und man begann, den Vagabunden in der Gegend »den alten Judas« zu nennen.

Eines Tages nun brachte er in seinem Bettelsack zwei lebendige Ferkel mit, die ihm in einer Ferme dafür geschenkt worden waren, daß er den Bauern von einem Leiden kuriert hatte.

Und bald hörte er auf zu betteln, war einzig nur beschäftigt, mit seinen Schweinen zum Weiden auszuziehen, führte sie um den Weiher unter den einsamen Eichen hin und in die angrenzenden kleinen Täler. Die Frau hingegen irrte weiter auf der Suche nach Almosen umher, doch kehrte sie alle Abende zu ihm zurück.

Auch er ging niemals in die Kirche, und man hatte nie gesehen, daß er sich an den Marienhügeln bekreuzigte. All das brachte viel Gerede auf.

Eines Nachts wurde seine Gefährtin von einem Fieber erfaßt, daß sie zitterte wie ein Segel im Wind. Er ging nach dem Marktflecken, um Heilmittel zu holen, dann schloß er sich mit ihr ein, und sechs Tage lang sah man keinen von den beiden.

Aber der Pfarrer, der gehört hatte, daß die »Jüdin« am Hinscheiden war, kam, der Sterbenden die Tröstungen seiner Religion zu bringen und ihr die letzten

Sakramente zu geben. War sie denn Jüdin? Er wußte es nicht. Er jedenfalls wollte versuchen, ihre Seele zu retten.

Kaum hatte er an die Türe geklopft, erschien auf der Schwelle, um Atem ringend, mit brennenden Augen, der alte Judas; sein ganzer langer Bart bebte wie fließendes Wasser, und in einer unbekannten Sprache schrie er gotteslästerliche Worte, und er streckte die mageren Arme vor, um dem Priester den Eintritt zu verwehren.

Der Pfarrer wollte ihm gut zusprechen, seine Börse und seine Hilfe erbieten; aber der Alte beschimpfte ihn weiter, machte Gebärden, wie um ihn mit Steinen zu bewerfen. Und der Priester entwich unter den Verwünschungen des Vagabunden.

Am Tag darauf starb die Gefährtin des alten Judas. Er begrub sie selber vor der Hütte. Es waren so arme Leute, daß niemand sich darum kümmerte.

Und wieder sah man den Alten um den Weiher und an den Hängen seine Schweine zur Weide führen. Öfters auch bettelte er wieder, um sich zu nähren. Aber man gab ihm fast nichts mehr, so viele Geschichten gingen nun über ihn um. Und ein jeder wußte ja auch, auf welche Weise er den Pfarrer empfangen hatte.

Er verschwand. Es war während der Karwoche. Niemand scherte sich darum.

Doch am Ostermontag hörten die Burschen und Mädchen, die zum Spaziergang an den Weiher gekommen waren, einen grausigen Lärm aus der Hütte. Die Tür war verschlossen; die Burschen erbrachen sie, und die Schweine entflohen, springend wie Böcke. Man hat sie nie wieder gesehen.

Als alle nun eingetreten waren, erkannten sie am Erdboden verstreute alte Wäschestücke, den Hut des Bettlers, ein paar Knochen, getrocknetes Blut und Fleischreste in den Höhlungen eines Totenschädels.

Die Schweine hatten den Alten aufgefressen.

Und Vater Joseph setzte hinzu:

»Das ist am Karfreitag geschehen, Monsieur, um drei Uhr nachmittags.«

Ich fragte: »Woher wissen Sie das?«

Er antwortete: »Da gibt's keinen Zweifel.«

Ich mühte mich nicht, ihm begreiflich zu machen, wie natürlich es war, daß die ausgehungerten Tiere ihren plötzlich in seiner Hütte verstorbenen Herrn gefressen hatten.

Was aber das Kreuz an der Mauer betraf, so war es eines Morgens aufgetaucht, ohne daß man je erfuhr, wessen Hand es mit so seltsamer Farbe dorthin gemalt hatte.

Seither waren alle überzeugt, daß an jenem Ort der ewige Jude gestorben war.

Für eine Stunde glaubte ich es sogar.

Inhalt

Der Horla 5

Der Esel 46

Das Bett 61

Der Hafen 68

Der Wolf 83

Odyssee eines Mädchens 93

Coco 105

Wahnsinnig? 113

Madame Baptiste 121

Der alte Judas 132

ISBN 3-352-00314-9

1. Auflage 1989
Rütten & Loening, Berlin
© Aufbau-Verlag Berlin und Weimar 1983, 1984, 1986, 1989
(deutsche Übersetzung)
Einbandgestaltung Mathias Rohde
unter Verwendung eines Holzschnitts von Frans Masereel
Typographie Peter Birmele
Offizin Andersen Nexö, Graphischer Großbetrieb, Leipzig III/18/38
Printed in the German Democratic Republic
Lizenznummer 220. 415/26/89
Bestellnummer 618 522 3
01080